너로 시를 쓸 걸 그랬다

너로 시를 쓸 걸 그랬다

초판 1쇄 발행 2024년 4월 23일

지은이 이슬기
펴낸이 장길수
펴낸곳 지식과감성#
출판등록 제2012-000081호

교정 이주희
디자인 오정은
편집 강샛별
검수 김나현, 이현
마케팅 김윤길, 정은혜

주소 서울시 금천구 벚꽃로298 대륭포스트타워6차 1212호
전화 070-4651-3730~4
팩스 070-4325-7006
이메일 ksbookup@naver.com
홈페이지 www.knsbookup.com

ISBN 979-11-392-1790-2(03810)
값 13,000원

- 이 책의 판권은 지은이에게 있습니다.
- 이 책 내용의 전부 또는 일부를 재사용하려면 반드시 지은이의 서면 동의를 받아야 합니다.
- 잘못된 책은 구입하신 곳에서 바꾸어 드립니다.

지식과감성#
홈페이지 바로가기

너로
시를 쓸 걸 그랬다

이슬기 저자

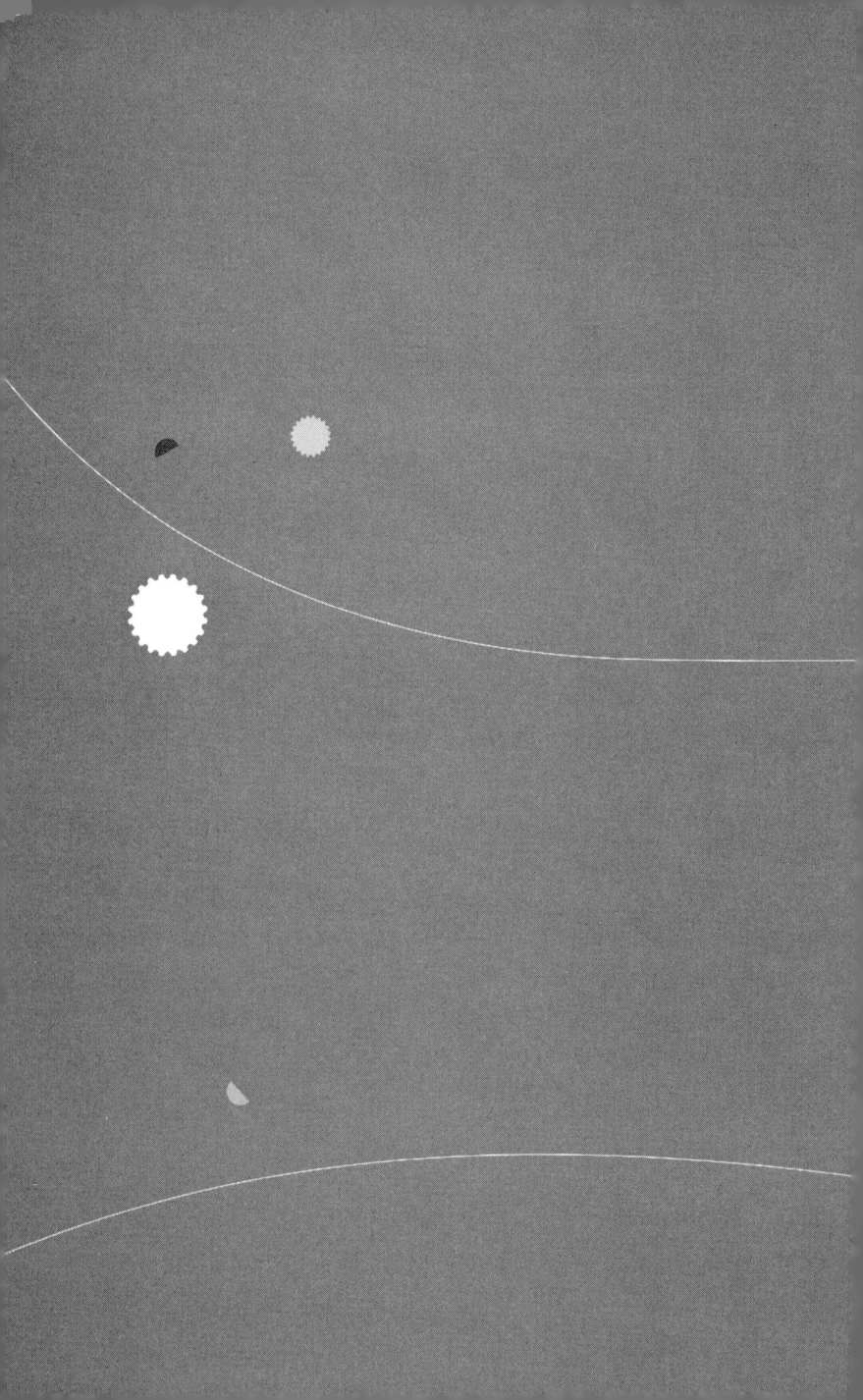

들어가는 말

비가 온다. 나는 괜히 울적한 마음에 가만히 책상에 앉아 창밖을 바라본다. 가로등에 비친 빗방울이 반짝 빛난다. 나는 떨어지는 빗방울을 별처럼 헤아린다. 찰나의 시간, 별처럼 빛나는 빗방울은 그곳에서 영원히 빛나는 것처럼 보인다.

책상에는 심심할 때 끄적였던 습작 노트가 놓여 있다. 세상엔 공개될 일 없던 나만 즐거운 나의 글. 우연히 꺼낸 나의 글은 낯선 소설을 읽는 듯 새로웠다. 괜히 울적한 마음이 든 건 그가 꿈꿔 온 세상이 아직도 그의 편은 아니라는 것이다.

글을 읽기 시작할 땐 빛이 남아 있으나, 이제는 글을 읽을 수 없을 만큼 빛이 밀려났다. 나의 글은 빛이 나질 않아 어둠과 하나가 되는 듯했다. 어둠이 싫은 건 아니었지만, 글을 마저 읽기 위해서는 빛이 필요하다. 나는 형광등을 켜는 대신 작은 스탠드를 켰다. 애써 찾아온 어둠을 단번에 쫓아내고 싶진 않았기 때문이다.

나의 기대와는 달리 역시 빛은 어둠을 몰아낸다. 그것이 작은 불빛 하나일지라도. 빛과 어둠은 함께일 수 없다. 겨우 채운 어둠이 사라진 방에 나는 어둠인 척 앉아 있다.

나의 글은 지금 나에게 보내는 편지 같았다. 이 편지를 채울 때까지 얼마나 많은 비가 내렸을까?

자리에서 일어나 창가로 향한다. 창을 두드리는 여린 빗방울을 외면하지 못해 창문을 연다. 차가운 공기가 나를 감싼다. 빗방울이 창틀을 넘어 나에게 닿아 또 이렇게 인연이 되었다 금세 마른다. 모든 게 찰나의 순간이다. 하지만 내 생에 어떤 이별도 아프지 않았던 적이 없다. 찰나의 인연은 엉겁의 기억으로 남아, 남은 생애를 간섭한다. 오늘 떨어지는 빗방울은 인연이 되어 지금 내 마음에 남아 여기, 그대로 빛난다.

나는 운 좋게 살아 있지만, 그때에 내가 살아 있는 건 아니다. 나는 살아 있지만 내일을 살아가는 건 아니다.

들어가는 시

장마

너와 나
다시 말해
남과 나
오랜 장마 끝에 겨우 내민 햇빛도 지울 수 없는 오래된 장롱 뒤 벽지에 핀 곰팡내와 눅눅한 장판이 발에 들러붙는 소리를 외면한 채 예쁘게 화장하고 좋은 향수를 뿌린다

어차피, 남
서로 닿기가 이렇게나 힘든 건가
다시, 나
사람을 믿는다는 게 쉬운 일인가

깊은 장마가
쌓일수록
겁만 늘어 가지

지나간 상처

꺼내 들고

상관없는

네게 입혀 본다

사람은 다 그래

너도 사람이니

너도 그럴 거야

말도 안 되는

삼단논법

꺼내들고

비교하다

돌아가다

멈춰가다

우리마음

비껴간다

너와 나
마주 앉아
우리 마음
꺼내 놓고
그 두 점
이어 주는
자가 있다면
우리 마음
다치지 않고
바로 닿을 수 있을 텐데

오늘도 나 다치지 않기 위해
내 마음 곰팡내 가린 채
네 눅눅한 냄새 코를 막는다

목차

들어가는 말 _5
들어가는 시-장마 _8

1. 그래 봤자 타자의 이야기 _16
   풀 기침

2. 무지개 카페엔 무지개가 없어 _24
   다른 봄

3. 나는 검은 정장이 없어 위로를 못 한다 _49
   그림자

4. 나는 사상가 _66
   나무의자

5. 유치원에도 짱은 있다   _78
   주정

6. 5점의 지옥   _98
   너로 시를 쓸 걸 그랬다

7. 자존심은 다른 말을 한다   _109
   청소하다 꺼낸 사진

8. 오히려 좋아   _117
   나는 나이가 들어 가는 것을 즐거워할 거야

9. 개미의 여행   _122
   아침

10. 착한아이증후군 _128
   여드름

11. 반말이 좋다 _135
   나무

12. 지루한 역사는 아름다울 확률이 높다 _140
   오래된 거리

13. 머뭇거릴 용기 _148
   운림산방

14. 귀여운 사람 _153
   가벼운 사이

15. 내 첫사랑은 너다 _158
    널 닮은 예쁜 삼겹살

16. 내 소설 주인공은 천천히 걷는다 _164
    여행

17. 내일을 빌려 오늘 행복하면 어때 _171
    아무 일도 일어나지 않았다

18. 내 마음대로 유토피아 _178
    나는 설렘으로 꽃을 꺾지 않는다

나가는 말 _185
나가는 시-컴퍼스 _188

1.
그래 봤자 타자의 이야기

"아, 너무 웃기잖아."

웃음소리가 공간을 가득 채웠다. 그들의 웃는 모습은 저마다 달랐다.

A는 손뼉을 치며 요란하게 웃었고, B는 소맷자락을 당겨 눈물을 닦아 내며 웃었다. C는 사람들이 웃게 만든 장본인으로 내심 뿌듯해하며 사람들을 보며 소리 내 웃었고, D는 C의 이야기를 자기 입으로 곱씹으며 웃었다. 모두가 웃고 있는 것으로 보였지만 그들을 보던 카페 사장은, D가 그들의 이야기에 관심이 없다고 생각했다. 웃음소리가 차츰 줄어들자 A가 한참을 웃어 벌겋게 상기된 얼굴을 정리하며 자세를 고쳐 잡았다. 사람들은 그의 행동을 보아 이제 A의 차례인 것을 알고 각자의 웃던 얼굴을 정리했다.

"자, 그럼 이번엔 내 이야기 해 볼게. 들어 봐."

사람들의 시선은 완벽하게 A로 향했다. 사람들은 다시 웃을 준비를 시작했다. 흘깃흘깃 웃는 사람들을 지켜보던 카페 사장도 이번엔 노골적으로 귀를 기울이기 시작했다. A는 카페 사장의 관심을 의식했다. 그리고 한층 목소리에 힘을 주어 말을 이었다.

"글쎄, 저번 주 주말에 우리 아버지 제사 음식에 돼지고기를 좀 내어줄까 해서…."

"잠깐."

C의 이야기를 곱씹던 D가 A의 말을 끊었다. B와 C가 고개를 돌려 D를 봤다. 두 사람의 얼굴에는 여전히 웃음기가 남아 있었지만, D를 보며 웃지는 않았다.

"왜?"

A가 자기 말을 끊은 D에게 말을 쏘았다. 여전히 웃지 못하는 B와 C는 A를 봤다. A는 고개를 치켜들며 D의 의중을 파악하려 했다. D는 자신이 A의 이야기를 끊은 것에 미안한 마음은 없는 듯했다. 오히려 미심쩍은 어투로 다시 A에게 되물었다.

"미안. 하지만 너희 아버지는 살아 계시잖아. 근데 제사 음식이라니?"

D의 말이 끝나자 B는 눈짓으로 D를 나무랐고 C는 말없이 눈으로 A에게 진실을 물었다. 그리고 그 모든 행동을 카페 사장이 보고 있었다.

A는 당황하지 않았다. 오히려 우쭐하여 의자 등받이에 몸을 기대며 미소 지어 보였다.
이때 모든 사람이 A의 행동에 대해 집중했다. A는 시선을 충분히 느끼며 말을 이었다.

"그렇지. 우리 아버지는 살아 계시지. 나도 알아. 하지만 내가 아버지 제사 음식을 준비해야 하는 이유는…."

A는 잠시 마르지 않은 목을 축였다.

"이유는, 별건 아니야. 아버지가 나만 보면 '내가 죽어서 저놈한테 제삿밥이라도 얻어먹을 수 있을까? 망할

놈!' 그러면서 나를 구박한단 말이지. 옛말에 죽은 사람 소원도 들어준다는데 그까짓 내 아비 소원 하나 못 들어주겠어? 그래서 주말마다 제삿밥을 차려 드리지. 그렇다고 아버지의 죽음을 기도하진 않아."

A의 말이 끝나자 긴장이 풀린 B와 C가 크게 웃었다. 그들의 웃음을 예상하지 못한 A는 순간 당황스러웠지만, 이내 웃음으로 감정을 숨겼다. D는 A의 말을 곱씹었다. 웃는 사람들 틈에서 D도 함께 웃는 것처럼 보였다. 지켜보던 카페 사장이 나지막이 읊조렸다.

"도대체 왜 웃는 거야."

A의 말이 웃겨서 웃는 것인지. A의 상황이 웃긴 것인지. 그냥 웃고 싶어서 웃는 것인지 카페 사장은 알 도리가 없었다.

때마침 한 커플이 팔짱을 낀 채 카페 문을 열었고 사장의 관심은 다시 새로운 손님에게 돌아갔다. 미소 짓는 사장과 웃고 있는 사람들. 마침 연인들은 기분이 좋았고, 유쾌한 카페 분위기가 맘에 들었는지 서로를 바라보며 미소 지었다. 연인 중에서 여자가 남자에게 속삭였다.

"저 사람들 뭔가 좋은 일이 있나 봐."

한낮의 별은 오늘도 빛나지만 보이지 않았고, 어제 내린 비는 이미 말라 버렸다. D가 A의 말을 끊지 않았다면 어쩌면 지금 눈이 내릴지도 모를 일이었다.

풀 기침

기침을 멈추고 선 이곳은
무엇이 없네

돌 틈에 풀 한 포기 삐져나온 모양새가
꼭 재채기 같네

뱉어 내야 할 것은 따로 있건만
나는 차마 뱉어 내지 못하고,
이름 없는 잡초만도 못하네

아니지,
분명 저기 불쑥 튀어나온 보기 싫은 풀도
이름은 있을 터
내가 모르는 것이지
암, 내 것도 모르는데

기침 하나 못 참으면서
나는 무엇을 참으려고 했던가

2.
무지개 카페엔 무지개가 없어

가끔 이름에 대한 꿈을 꾼다. 누군가 이름을 부른다. 대답하는 이가 없다. 나는 이름을 모른다.

'왜 아무도 답하지 않는 거지?' 나는 답답하지만 나서진 않는다.

꿈에서 깨면 그것이 나를 부르는 것은 아니었을까 생각한다.

태어날 때 붙은 이름이 아니라면 사람들 속에서 어떻게 나를 구분할 수 있을까?

나는 적당히 착하고 적당히 악하며, 적당한 욕망과 적당한 게으름으로 어제와 비슷한 하루를 적당히 불안해하며 적당히 만족하며 살고 있다. 물론 내 생각이지만.

다행히 나는 유머를 사랑한다. 평범한 내 삶에도 유머가 더해져 조금은 빛난다. 사람들은 웃긴 사람을 좋아한다. 내가 대단히 웃긴 사람은 아니지만, 재미와 노잼을 구분할 정도의 기본적인 유머의 소양은 갖췄다.

상황별로 사용하는 여러 가지 개그가 있겠지만, 보통 내가 쓰는 개그는 셀프디스다. 내 살을 깎아 내어주면 사람들은 손뼉을 치며 웃는다. 타자를 공격하는 유머는 자극적이고 반응이 즉각적이지만 어딘가 불편하다. 나는 건강한 웃음을 지향한다. 내가 조금 다치더라도 모두가 웃을 수 있다면, 뭐 괜찮다.

지금 내가 처한 상황도 그런 맥락으로 본다면, 충분히 이해할 수 있다. 세상에 가장 가치 있는 일은 웃음 아닌가. 그 웃음을 위해 나를 사용한다는 것은 내가 생각하더라도 최고의 선택이다. 나는 그냥 최선을 다해 존재하면 된다. 내 정신 건강을 위해서도 그편이 좋았다. 뭐 다른 대안이 있는 것도 아니니깐.

"목까지 완전히 다 칠해."

"예? 그냥 느낌만 보는 거 아니었어요?"

정이가 붓질을 멈추고 연출을 본다. 연출은 미간의 주름을 더 깊게 만드는 것으로 대답을 대신했다. 정이는 고개를 돌려 물감에 붓을 푹 담근다. 지금 내 얼굴은 초록색 물감으로 가득 칠해지는 중이다. 얼굴에 닿은 붓은 차갑다가 금방 내 온도를 닮는다. 익숙해질 만하면 붓은 다시 물감에 닿아 차가워지고 내 얼굴은 끊임없이 붓을 데운다.

 나는 앉아서 멍하니 정이의 얼굴을 보고 있다. 1년 중 350일은 붙어 있는 정이지만 이렇게 얼굴을 마주한 채 오랜 시간을 보낸 적은 없었던 것 같다. 마주한 정이의 얼굴은 뭔가 낯설었다. 코가 생각보다 조그마했고 왼쪽으로 살짝 휘어져 있었다. 눈은 오른쪽이 왼쪽보다 티가 나게 작았다.

 누군가 정이의 흉내를 내는 건 아닌가? 정이의 발그레한 볼에 가득 피어난 부드러운 솜털이 낡은 형광등에 부딪혀 반짝였다. 내 얼굴에서 붓을 거둔 정이가 싱긋 웃는다. 마치 모르는 사람을 마주하고 있다는 착각마저 들었다.

 연출이 무어라 중얼거렸다. 나는 그 소리를 듣지 못했다. 정이가 고개를 돌려 연출을 본다. 나도 정이의 시선을 따라 연출에게 고개를 돌린다. 연출이 고개를 갸우

뚱한다. 무엇이 마음에 들지 않는 걸까? 고개를 돌려 거울을 보니 초록 외계인이 나를 본다. 나를 보는 것은 내가 아니었다. 거울에 비친 연출과 정이와 초록 외계인은 정말 형상에 불과한 것인가?

'띵동'

알림이 울렸다. 핸드폰을 보니 저장된 번호는 아니었다. 그렇지만 머릿속에서는 절대 지워지지 않는 번호로 문자가 와 있다.

- 통화 가능해?

나는 핸드폰을 들고 분장실을 조용히 나왔다. 등 뒤에서 연출과 정이의 대화가 들렸지만 내 발걸음을 잡지는 못했다. 분장실 계단에는 하동이 맨발로 서서 대본을 보고 있었다.

"들어가서 봐."

"아 깜짝이야."

"어, 감정을 좀 확장시켜서 더 디테일하게 놀라 봐. 아직 부족해."

"악. 놀. 래. 라."

"됐다."

놀라는 척하는 하동을 뒤로하고 계단을 올라 극장 뒷문을 살짝 열어 보았다. 다행히 지나다니는 사람은 없었다. 아무리 유머를 사랑하는 사람이라 해도 얼굴에 초록색 물감을 칠하고 밝은 대낮에 거리를 활보하기에는 부담이 있었다.

혹시나 모를 인간의 출현에 대비하여 벽을 보고 섰다. 그리고 목소리를 가다듬고는 통화 버튼을 눌렀다.

핸드폰 스피커로 익숙한 노래가 흘러나온다. 우리가 연인이던 어느 봄, 포항에서 함께 듣던 노래다. 심장이 다시 두근거린다.

"여보세요."

스피커 너머로 특유의 졸린 듯한 그녀의 목소리가 들렸다.

"잠깐 시간 돼?"

"지금?"

"응."

"어… 되긴 하는데."

시계를 보니 2시 반을 넘어서고 있었다.

"잠깐이면 돼."

"그래."

"우리 무지개 카페에서 보자."

"알겠어."

"3시."

"응."

우린 벌써 다섯 번인가 여섯 번은 헤어졌다가 다시 만났다. 항상 그렇듯이 다신 만날 일 없다며 우리는 또 헤어졌었다. 비 오는 날 함께 술을 마신 게 화근이었다. 우리는 기분이 좋아졌다. 소진은 음악이 듣고 싶었고 나는 빗소리가 듣고 싶었다. 그녀는 음악이 흘러나오는 바에 가고 싶었고, 나는 낙산공원 정자에 가고 싶었다.

바에는 소주가 만 원이고 정자에는 소주가 천이백 원이다. 아무것도 아닌 일에 우리는 의견을 굽히지 않았고 우리는 각자의 취향대로 헤어졌다. 뒤돌아서며 내뱉은 그녀의 한마디가 비와 함께 내 머리를 적셨다. 이번엔 정말 마지막이구나 생각했다.

그런데 소진은 한 달 만에 내 안부조차 묻지 않고 시간을 내어 달라고 했고 나는 무슨 미련이 있던지 단번에 그러겠다고 했다.

작은 개미 한 마리가 벽을 타고 올라가다 나를 힐끔힐끔 쳐다본다. 개미가 뭘 하나 지켜보니 웃는다. 개미가 웃고 있다. 두 앞발로 입을 가리며 웃는다. 두 더듬이로 나를 가리키며 웃는다. 어이가 없어 양 볼 가득 바람을 넣어 웃는 개미에게 뱉었다. 개미는 날아가면서도 웃고 있다. 요망한 것.

날아가는 개미를 보다 보니 초록색 코가 언뜻 보인다. 눈을 내리깔자 선명히 보이는 초록색들. 세수부터 해야지. 나는 정신을 차리고 분장실로 뛰어 들어갔다. 계단에선 여전히 하동이 맨발로 대본을 보고 있었고 분장실에는 연출이 그 짧은 사이 소파에 누워 잠들어 있었다.

연출은 밤 열한 시부터 아침 일곱 시까지 편의점 야간 알바를 하고, 아침 여덟 시부터 낮 열두 시까지 빵집 알바를 한다. 그리고 바로 극장으로 달려와 쌓였던 스트레스를 우리에게 푼다. 연습을 하다, 쪽잠을 자다, 공연을 올렸다. 그리고 편의점으로 아르바이트를 하러 간다. 한 달에 이백만 원도 넘게 번다. 우리 중에 제일 부자다. 그래서 밥도 많이 사고 술도 많이 산다. 덕분에 우리는 알바를 하나씩만 해도 된다. 난 아침 여덟 시부터 열두 시까지 서점에서 알바를 한다. 한 달에 팔십만 원 정도 번다. 정이와 하동도 여덟 시부터 열두 시까지 알바를 한다. 우린 다 그 정도 돈을 번다.

클렌징 티슈를 급하게 찾았지만 보이지 않았다. 정이도 어디 갔는지 보이지 않았다. 나는 급한 대로 화장실로 달려가 물을 틀었다. 거울에 비친 나는 초록색 외계인이었다. 개미가 웃던 게 생각이 나 웃었다. 그러다 우리의 이별이 생각나 한 번 더 웃었다.

그녀는 돌아서며 내가 부끄럽다고 했다. 우리가 이별한 이유였다. 나는 내가 부끄럽지 않았지만, 그녀는 내가 부끄러웠다. 나는 부끄러움도 모르는 사람이 되었다.
  나는 웬만하면 모든 것을 유머로 승화했다. 그편이 존재하는 데 유리했다. 나는 많은 결핍을 안고 있었기 때문에 웃음으로 모든 것을 가려야 했다. 하지만 그날만큼은 어떠한 웃음으로도 나를 가릴 수가 없었다.

  오기가 생겨 누구라도 웃기고 싶었다. 그래야 살 수 있을 것 같았다. 하지만 비 오는 밤 나의 개그를 보기 위해 달려올 사람은 없었다. 어쩔 수 없었다. 나라도 웃겨야 했다.

  소진과 헤어진 그 밤 홀로 거울 앞에 서서 은하수 개그 쇼를 했다. 얼굴을 이리저리 우스꽝스럽게 구겨 봤다. 전혀 웃기지 않았다. 공연 때 자주 하는 레퍼토리 농담을 두어 개 했다. 이 농담을 듣고 웃었던 사람이 있었나 의심하게 되었다. 슬픈 발라드를 틀고 우스꽝스럽게 춤도 췄다. 재미가 더럽게 없었다.

  책상 위에 뒹굴던 매직을 들고 눈썹을 진하게 칠하고 수염을 그렸다. 이마에 주름을 새기고 볼에는 주근깨를 그렸다. 나도 모르게 웃음이 났다. 이런 식의 개그를 좋아하진 않았다. 취향은 언제든 변할 수 있다. 제법 정성껏 그린 얼굴은 꼭 멜로 배우 같았다. 세상의 모든 슬픔을 삼킨 채 쓸쓸하게 웃는 잘생긴 배우. 생각이 거기까지 미치자 깔깔대며 웃을 수 있었다.

슬프지 않았다. 내 초록색 얼굴을 찍어 그녀에게 보낸다면 그녀는 웃을 수 있을까? 여전히 내가 부끄럽다고 생각할까?

새하얀 세면대에 초록색 물이 후드득 떨어진다. 거울을 보니 얼굴은 초록색 물로 얼룩덜룩하다. 얼굴도 세면대도 모두 더러워졌다. 나는 비누 거품을 내어 얼굴을 박박 닦았다. 초록색이 내 몸에 묻은 불행이라도 된 듯 말끔히 지워 냈다. 흰 티셔츠에 불행이 얼룩덜룩 튀었다. 나는 분장실로 돌아가 행거에 걸려 있는 옷 하나를 툴툴 털어 입었다. 공연 때 의상으로 입었던 옷이다. 공연 내내 입었던 옷이지만 왠지 오늘은 내 몸에 맞지 않아 보인다. 다행히 이리저리 살펴봐도 구멍은 없다. 이만하면 훌륭했다. 벽에 홀로 돌아가는 시계를 보니 약속 시간이 다 되어 간다. 나는 내 것이 아닌 옷을 입고 어두운 지하에서 지상으로 탈출했다.

지상에 올라오자 꿉꿉한 지하 냄새가 나는 것만 같아 손으로 옷을 탁탁 털어 냈다. 20년 전통 할매국밥집을 지난다. 어찌 보면 밥때가 훨씬 지났거나 또는 아직 밥때로 불리기엔 이른 어중간한 시간이었지만 국밥집 안에는 밥을 먹고 있는 사람이 보였다. 그는 고개를 푹 숙이며 스마트폰에 시선을 고정한 채로 밥을 먹고 있었다. 그 옆에 무표정으로 부채질하는 주인의 얼굴엔 졸음이 가득했다. 창에 비친 나도 멍청해 보였다. 내 옷은 지상으로 나오자 구겨져 있었다. 6월의 햇살은 이마에 땀이 맺힐 만큼 제법 뜨거웠다.

나는 계속 걸었다. 2층짜리 하얀 디저트 카페를 지나간다. 예쁘게 화장을 한 젊은 친구들이 꽃보다 환하게 웃고 있다. 창에 비친 내가 저들에게 묻을까 얼른 걸음을 옮긴다. 커피숍에도 파스타집에도 창에 자꾸 내가 묻어난다. 나는 자꾸 나를 비추는 창가가 불편해 아스팔트로 시선을 옮겼다. 짧은 오르막길을 지나 우측으로 돌면 눈앞에 무지개 카페가 보인다. 소진은 거기서 나에게 전화를 했을지도 모르겠다. 그녀가 멍하니 앉아서 정면을 응시하고 있다.

나는 그녀에게 다가갔다. 그녀는 내가 다가가도 나를 돌아보지 않았다. 나는 익숙하게 자판기에 동전 두 개를 넣고 우유를 뽑아 그녀에게 주었다.

"왔어?"

우유를 받아 든 그녀는 후후 우유를 불어 식혔다. 그녀가 앉은 의자 뒤에 희미하게 무지개 그림이 그려져 있다. 나는 설탕커피를 한 잔 뽑아 다시 그녀에게 주었다. 그녀는 항상 이곳을 무지개 카페라고 불렀다.

우린 미스터리 코믹 추리극 〈점심시간 살인사건〉이란 작품을 통해 처음 만났다. 그녀는 이 글을 쓴 작가이자 연출이었고 나는 배우였다. 그녀의 극에 필요한 배우는 나 혼자였다. 나는 아는 체하거나, 허풍을 떨거나, 점심시간만 되면 일을 시키거나, 퇴근 시간만 되면 회의를 하다가 결국 독살당하는 이 부장 역할을 맡았다. 소진이 말하는 연극의 줄거리는 간단했다. 이 부장은 공연 내내 혼자 떠들다가 죽는다. 억울한 영혼이 되어 자신을 죽인 범인을 추리하는 과정에서 주위 모두가 나름의 이유로 자신을 죽이고 싶어 한다는 것을 깨닫는다. 그 사실을 신에게 고하는데 신마저 그의 꼰대력에 고개를 절레절레 젓는 내용이다. 이 부장 역할인 나를 제외한 모든 인물은 사무실에서 흔히 볼 수 있는 빔 프로젝

터, 볼펜, 컴퓨터, 계산기 등의 사물로 대체했다. 사물은 본인의 존재를 설명할 필요가 없어 대사가 없다. 그래서 존재를 설명해야만 하는 이 부장만이 말을 한다. 우리는 스톱워치를 두고 말하는 속도까지 일정하게 연습했으며, 걷는 것, 서 있는 것, 고개를 돌리는 것과 사소하게 넘어갈 수 있는 흔한 장면까지 철저하게 연습했다. 사물은 리액션이 없다. 두 달을 연습하고 일주일 동안 공연을 했다.

마지막 공연을 마치고 소진은 나를 이곳으로 데리고 왔다. 그녀는 우유와 설탕커피를 뽑아 두 잔을 열심히 섞어 그중에 한 잔을 내게 주었다. 밀크커피 맛이 났다. 그냥 처음부터 밀크커피를 뽑아 마시면 되는 거 아니냐고 물었더니 소진이 웃으며 말했다.

"그냥. 우유랑 커피랑 썸 타는 거 보고 싶어서?"

그녀의 양 볼에 인디언 보조개가 살짝 파인다. 괴물같아 보였던 그녀가 공연이 끝나니 참 예뻐 보였다. 나는 그녀를 사랑하지 않을 수가 없었다. 우리는 공연이 끝났음에도 그곳에서 매일 같이 만났고 우리는 함께 그녀가 만든 썸 한 잔을 나눠 마셨다. 그렇게 우리는 연인이 되었다. 소진은 이제 연극을 하지 않는다. 스타벅스가 더 어울리는 그녀가 아직도 대학로 작은 극단에서 웃기는 연극을 하는 내게 우유와 설탕커피를 섞어 주었다. 나와 그녀는 말없이 커피 한 모금을 마셨다. 침묵을 깬 건 그녀였다.

"야, 은하수."

"왜?"

"나 좀 웃겨 봐."

이런 이유라면 진즉에 말하지. 그럼 내가 힘들게 세수하지 않았지. 그녀는 가끔 연출하던 습관을 못 버리고 가끔 이렇게 뜬금없는 디렉팅을 내린다. 헤어진 연인이 한 달 만에 연락해 와서 한다는 소리가 웃겨 보라니.

"다시 만나자는 소리야?"

"미쳤어? 내가 웃기라고 했지? 화나게 하라고 했어?"

 소진은 개그를 모른다. 개그는 맥락이다. 손바닥도 마주쳐야 소리가 나고 이도 부딪혀야 음식을 씹는다. 그런데 세상 퉁한 표정으로 나를 바라보고 있는 저런 꼰대를 내가 어떻게 웃긴단 말인가. 난 못 한다.

 나는 엉거주춤 쭈그려 다리를 좌우로 흔들었다. 팔도 아래로 내려 다리의 흔들림에 맡게 교차하며 휘저었다. 일명 개다리춤. 그녀의 미간에 내천 자가 그려진다. 한심하다는 듯이 고개를 좌우로 내젓는다. 젊은 여자 두 명이 지나가면서 우리의 모습을 힐끗 본다. 얼굴에 미소가 가득하다. 우리와 저들 사이를 가려 주는 창이 있다면, 거기 비친 제 모습을 본다면 편하게 남을 비웃지 못할 텐데. 하긴 벌건 대낮에 나의 춤을 보고 안 웃는 게 이상하지. 그래, 소진이 이상한 거지!

 "빨리 웃겨 보라고."

"안녕하세요. 박명숩니다."

  나는 내가 유일하게 할 수 있는 개그맨 성대모사를 했다. 내 개다리춤을 보고 웃던 여인들이 저만치 앞에서 꽥 하고 소리를 지른다. 슬쩍 봤더니 한 명은 바닥에 절을 한다. 웃음소리는 언제나 매력적이다. 웃음은 중독성이 강하다. 그들의 웃음소리에 내 입꼬리가 씰룩거렸다. 소진은 웃지 않았다. 그냥 말없이 나를 보고 있었다. 불편했다. 그녀의 눈빛도 불편했고, 내 기분과 상관없는 유머가 불편했다. 나는 마른 손으로 씰룩거리던 입꼬리를 쓸어내렸다. 웃음이 사라졌다. 나는 늘 다른 사람을 웃겨야만 한다. 웃기지 못한다는 것은 내 무능력을 드러내는 것이다. 하지만 웃을 준비가 안 된 사람은 어떤 방법을 써도 웃기기가 힘들다. 이럴 때 무례한 사람은 웃기지 못한 사람이 아니라 웃지 않는 사람이다.

"하수야."

"왜?"

"너 몇 살이니?"

"삼겹살."

그녀의 입술이 씰룩거렸다. 그러고는 고개를 한쪽으로 갸웃하더니 혀를 쯧쯧 찼다.

"됐네. 웃었지?"

"누가? 내가?"

소진이 버럭 소리를 낸다. 이제 되었다. 우리가 사랑할 때 모습이다. 우리는 이렇게 다시 만나게 되는 걸까? 아무렇지 않게 손을 잡고 키스를 하고 밥을 먹고 하루를 간섭하고 싸우고 화해하고 섹스를 할까?
애물결나비 한 마리가 바람을 타고 날아와 소진의 뒤편에 있던 무지개 그림에 부딪혀 떨어진다. 나비는 다시 날아올라 무지개에 앉으려 하지만 자꾸 미끄러진다. 당황한 나비는 무지개 대신 빨간 공중전화에 앉았다.

한번, 두번, 세번. 나비는 하얀 날개를 천천히 모아 정성을 다해 기도한다.

'무지개는 잡을 수 있는 것이 아니야, 나비야.'

소진이 앉아 있던 의자에서 일어나자 놀란 나비는 나풀나풀 날아올라 우리 곁을 떠나 버렸다.

"좀 걸을까?"

소진과 나는 사라져 버린 나비의 뒤를 쫓아 천천히 걸어갔다. 무지개 카페를 내려와 큰길로 다가가니 사람이 붐볐다. 아이스크림을 나눠 먹으며 걷는 연인과, 안경을 추어올리며 바쁘게 걷던 아저씨. 두리번거리며 천천히 걸어가는 느림보 커플과, 전화기를 들고 홀로 우두커니 서 있는 키 큰 청년. 모두가 같은 길 위에 있지만 다른 방식으로 존재한다. 거리의 형상은 본의 아니게 진실을 보여 준다.

'너와 내가 다르다.'

너와 나는 너무나도 달랐다. 너와 내가 같아질 것이라고 믿는 것은 천동설을 믿는 것과 같다. 어리석은 믿음이다.

우리는 말없이 걸었다. 우리 사이는 그 무엇으로도 연결돼 있지 않았다. 나는 마주 걸어오는 사람을 위해 계속해서 길을 열어 주었다. 마치 나비처럼 나풀거리며, 좌우로 흔들거리며 우리 사이를 열었다. 교복을 입은 보기만 해도 미소가 지어지는 귀여운 커플이 마주 온다. 내가 다시 길을 열어 주려 오른발을 옆으로 크게 옮겼다. 그때 소진이 내 팔을 잡았다.

"쫌!"

그녀는 화가 났지만, 덕분에 우리는 다시 손을 잡았다.

우리는 다시 한마디 말 없이 사람이 붐비는 거리를 걸었다. 우리 사이는 손으로 연결되어 마주 오는 사람들을 위해 길을 열어 주지 않아도 된다.

소진이 시계를 본다.

"가 봐야 하지 않아?"

"몇 시야?"

 공연 1시간 전. 늦었다. 적어도 1시간 전에는 분장을 마쳐야 한다. 무대에 올라 스트레칭을 하고 목을 풀고 관객이 없는 무대를 걸어야 한다. 머릿속으로 대사를 외우며 동선에 맞춰 무대를 밟아야 한다. 내가 대체할 수 없는 배우는 아니지만, 오늘 우리 연극은 내가 없으면 안 된다. 소진에게 나는 대체 불가 남친도 아니고 오늘 그녀 옆에 내가 없으면 안 되는 것도 아니다.

"가야겠다."

"그래."

 우리는 잡은 손을 가볍게 놓았다. 말없이 잠깐 서로를

마주했다. 소진은 눈을 끔뻑 감았다 떴다. 나를 향하던 그녀의 시선이 어느덧 나와 같은 곳을 향했다. 미련 없는 그녀의 사랑스러운 어깨가 시선을 따라 천천히 원을 그렸고 이내 나에게서 완전히 뒤돌아섰다. 그녀가 걷는다. 움직이는 사람들이 그녀의 흔들리는 걸음을 감춰준다. 바람이 불어온다. 그녀의 것일지 모를 향기가 내 콧등을 툭 치고 떠나갔다. 모든 것이 꿈처럼 아득했다. 우리는 오늘 진짜 헤어졌다.

다른 봄

바람은 언제나
내 맘과 상관없이
불어오고

부러진 가지
흔들릴 적에
함께 흔들린 내 하루

마음에 스친
기억들은
그대의 귀한 웃음에도
심술이 나

그 밤
그대를 울리고서
내 맘
그때를 울었네

부러진 가지에도
새싹은 피어나는데
나는 왜 떨어진 잎들을 주워
그대에게 주려 했을까

이대로도 푸른 봄
이미 지나가 버린
사실은 돌아오는 것이 아닌
그냥 달라진 봄

3.
나는 검은 정장이 없어 위로를 못 한다

봄날의 어느 날

피융-

참 즐겁다.

불 꺼진 내 방의 TV 속 세상은. 젊은 남자 배우들이 여벌 옷도 하나 없이 자동차에 올라탄다. 그들은 PD의 계략에 빠져 갑자기 여행을 떠난다. 당황하다 이내 수긍하는 이들의 얼굴엔 불평이 없다. 준비 없이 떠나는 여행도 즐거움이다. 그것이 제 돈으로 가는 것이 아니라면 더욱이.

"저긴 어딘가?"

나는 무료한 주말 TV와 대화하는 걸 좋아한다. 대화라기보다 주로 듣는 처지지만 피로하지 않다. 나를 불편하게 하는 주둥이를 바로 닥치게 할 수 있는 마법의 막대기가 있기 때문이다.

화려한 주문은 필요 없다. 단 한 번의 손짓.

뿅

마법의 작대기는 나를 방구석 신으로 만들어 준다. 나는 이 시대 최고 유명 배우의 입도, 탐욕스러운 정치인의 입도 단번에 막을 수 있다.

뿅

공감이 필요 없는 TV 속의 웃음과 눈물, 분노와 평화는 나와 상관없다. 나는 위로하거나 공감하거나 혹은 아무것도 하지 않는다. 그저 바라보다 거슬리는 표정을 지으며 마법을 부린다.

뿅

"노잼."

이러한 이유로 나는 주문을 외운다.

뽕

"안물안궁."

이러한 이유로 나는 주문을 외운다.

뽕

낯익은 예능에 나의 흥미가 '딸깍' 켜진다. 이미 몇 번은 봤음에도, 그래서 오히려 나에게 불편함이 없는 것을 아는 그 영상을 나는 다시 본다. 덕분에 한 시간 정도는 아무런 생각 없이 웃을 수 있다.

가로누워 전에 웃었던 장면을 상상하며 다시 웃는다.

"깔깔깔."

피용-

웃다가 주문을 잘못 외웠다. 내 몸 어딘가가 마법의 작대기를 잘못 작동시켰다.

'리모컨이 어디 있는 거야?'

방구석을 채우던 소리가 사라지자 대상을 잃은 웃음이 멋쩍어져 괜히 혼잣말을 한다.

피융-

리모컨을 찾아 TV를 틀고 새로 시작된 부분부터 다시 웃는다. 그러다가 어리석은 내가 웃겨서 웃는다. 나는 웃긴 상황을 이미 알고 있으니 TV를 보지 않아도 웃을 수 있는 것 아닌가?

'나는 죽을 것을 알고 있으니, 더 살아가지 않고 죽어도 되는 거 아닌가?'

고장 난 생각에 TV를 끄고 창을 열었다. 그곳에 존재하던 빛과 소리가 내 방을 비집고 들어온다. 다행히 밖은 TV 속 세상과 비슷했다. 상쾌한 바람이 분다. 나는 왜인지 등산을 하기로 마음먹었다. 옷을 챙겨 입고 밖으로 나왔다. 차에 시동을 걸었다. 그러고는 내가 뭘 하고 있는 건가 잠시 생각했다.

포항에서 유명한 산인 보경사로 향했다. 내연산이라는 산 이름이 있음에도 지역 사람들은 흔히들 입구에 자리한 절의 이름을 따 보경사라고 산을 불렀다. 등산로 입구 풍경은 어제와 오늘이 별반 다르지 않다. 이 산과 저 산이 비슷하다. 삼계탕을 사만 원에 팔고 파전을 만 오천 원에 판다. 도토리묵과 산나물비빔밥을 팔고 막걸리를 판다. 가게마다 나와 있는 호객꾼들은 사람들이 앞을 지날 때마다 파블로프의 개처럼 "식사 돼요."라고 반응한다. 하지만 보통은 소리보다 사람들의 걸음이 빨랐다. 나는 천천히 걸었지만, 호객꾼들은 내가 혼자인 걸 보고는 스-윽 침을 닦았다.

몇 번의 같은 집을 지났을까? 좌판 위에 갖가지 김치를 팔고 있는 할머니가 보였다. 할머니는 동치미 국물을 국자로 뒤적거리고 그릇에 묻은 양념을 행주로 닦고 있었다. 지나다니는 사람들은 신경도 쓰지 않고 오로지 자신의 작품에 빠져 있는 예술가처럼 보였다. 나는 천천히 할머니 앞을 걸었다.

"김치 맛 좀 보고 가요."

나는 놀란 강아지가 되어 할머니를 쳐다봤다. 할머니는 나를 보며 웃고 있었다. 이미 한 손으로 김치를 조금 떼어 내 먹기 좋은 크기로 돌돌 말고 계셨고 그 김치는 예상대로 내 입에 들어왔다. 곧이어 김치 한 포기가 위생 비닐에 들어 갔다. 한 겹 옷을 입은 김치는 검정 비닐에 한 번 더 싸여 무겁게 내 손에 들렸다. 반대로 내 가벼운 이만 원이 내 손에서 할머니 손으로 옮겨졌다.

'아, 무거워.'

나는 김치를 싫어한다. 싫어하는 김치를 손에 들고 있자니 한 아이가 생각이 난다.

︰

"김치 너무 좋아요."

아이는 도시락을 싸는 어른 앞에서 상냥하게 거짓말을 했다. 아이는 교복을 입지 않았다. 어른은 그것을 눈치채지 못했다. 어른의 눈은 반쯤 감겨 있었고 입에서는 술 냄새가 풍겼다. 도시락이라곤 흰밥에 김치가 다였다. 하지만 그마저도 술에 취한 어른은 버거웠는지 잔뜩 인상을 쓰며 계속해서 혀를 찼다.

"쯧."

어른의 입에서 나오는 이 짧은 소리의 뜻을 아이는 너무나도 잘 알았다. 아이는 애써 밝은 표정을 지으며 조용히 어른의 그 모습을 지켜봤다. 아이는 조금 초조해 보였다. 괜히 마른침을 삼켰다. 무언가 이야기하듯이 입을 열었지만, 그 작은 입에선 아무런 진동도 일지 않았다. 어른은 도시락에 묻은 김칫물을 행주로 아무렇게

나 닦아 낸 뒤 아이에게 건넸다. 아이는 어딘가 어색하게 웃으며 도시락을 받아 들었다.

　어른은 아이의 옷에는 여전히 관심이 없었고, 아이는 자신이 입고 있는 옷에 대해 아직 말하지 못했다. 어른은 메마르게 문 뒤로 사라졌고 아이는 닫힌 방문 앞에서 하고 싶은 말을 삼켰다. 아이는 고개를 숙인 채 풀이 죽어 있었다. 울고 싶었던 건 아니었다. 머릿속으로 이미 수백 번은 그렸던 그것과는 다른 아침이 난감하다고 생각할 뿐이었다. 어른의 기분은 좋지 않았고 그 변수를 생각하지 못한 아이의 실수였다. 그것이 조금 섭섭할 뿐이었다. 김치와 흰쌀밥이 어딘가?

　사실 아이는 어른의 한마디를 기다리고 있었다. 어른의 입에서 딱 한마디만 나온다면 아이는 자신이 수백 번을 그렸던 그 상황을 똑같이 연출할 수 있었을 것이다. 가령, 어른이 아이의 복장을 보고 "너 왜 교복 안 입어?"라고 물어본다면, 아이는 조금은 쑥스럽게 웃어 보이며 "오늘은 박물관으로 소풍을 가요. 그래서 교복을 입지 않아도 돼요."라고 아무렇지 않은 척 자연스럽게 이야기를 이어 가면 되는 것이다. 오늘은 김치 도시락이 필요 없다는 것과 학교 가는 길에 파는 천 원짜리 즉석 김밥이 꽤 맛있었다는 것과 오늘 학교에서 다 같이 차를 타고 박물관을 가는데 거기에 필요한 박물관 입장료와 차비로 오천팔백 원을 들고 학교에 가야 한다고 말할 생각이었다. 하지만 어른은 아이의 옷에는 도통 관심이 없었다.

아이는 김치 도시락을 들고 학교로 향했다. 학교에 도착하기 전 공교롭게도 도시락을 잃어버렸다. 아이는 그날 학교에 가 두 번째 거짓말을 했다.

"죄송해요. 잃어버렸어요."

아이는 말을 얼버무렸지만 선생님은 다시 묻지 않았다. 아이는 공짜로 박물관에 갔다. 맘씨 좋은 친구들이 김밥을 조금씩 나눠 주었고 목이 멘 아이는 잃어버린 김치를 생각했다. 하지만 아이는 김치를 싫어했다. 아이는 여느 아이와 마찬가지로 즐거웠다. 모든 것이 거짓말 덕분이다. 거짓말은 아이를 평범하게 만들어 주었다.

아이가 가진 결핍은 아이의 선택은 아니었다. 그저 그런 환경에 툭 던져졌을 뿐이다. 아이가 해야 했던 건 주어진 환경에 적응하는 것뿐이었다. 그저 평범해지기 위해 진실을 죽였다. 밝은 울타리를 만들어 그 속에 몸을 숨겼다. 아이는 늘 웃는다.

⋮

 진부하겠지만 그 아이는 나다. 나는 지금 웃고 있다. 싫어하는 김치를 사도 웃을 수 있는 좋은 사람으로 자랐다. 나는 언제든 웃을 수 있다.
 김치를 담은 봉지가 손가락을 못살게 군다. 오른손, 왼손. 검지부터 새끼손가락까지. 손가락을 번갈아 가며 든다. 목 졸린 손가락이 고통으로 검붉게 질린다. 숨이 넘어가기 전에 다른 손가락이 비집고 들어와 목 졸린 손가락을 구해 준다. 나는 어릴 적 그랬던 것처럼 김치를 잃어버릴까 하다 쓰레기를 아무 데나 함부로 버리지 못하는 성숙한 시민으로 거듭난 나를 보며 웃는다. 나는 어쩔 수 없이 반복적으로 숨넘어가는 손가락 구출 놀이를 하며 산을 올랐다. 짐 하나 없이 여행을 떠난 연예인은 손이 가벼워 더 행복할 수 있었나? 그때 문자가 울렸다. 오른손이 기회다 싶어 왼손에 무거운 짐을 넘긴다. 왼손은 묵묵히 오른손의 짐을 넘겨받는다. 신난 오른손은 핸드폰을 확인한다.

웃고 있는 나와 머리 위의 파란 하늘과는 전혀 다른 분위기의 문자였다. 흔한 이모티콘 하나 없는 딱딱한 문자. 내 기분은 상관치도 않고 갑자기 날아온 문자는 폭력적이었다. 대학생 때 알던 친구의 어머니께서 돌아가셨다. 나는 산을 내려가야 한다.

아버지 생각이 난다. 아버지와 난 서로 10년을 넘게 생사도 모르고 살았다. 그런 날들에도 아버지의 부재를 슬프다고 여기지는 않았었다. 죽음이 예고하고 찾아오는 것은 아니지만 갑작스런 아버지의 죽음은 날 처음 울게 했다. 하필 함께 있던 친구들은 영문도 모른 채 나를 토닥였다.

"아버지 돌아가셨다."

놀란 친구들이 자리에서 일어났다.

"돌아가신 지 한 달 되셨대."

놀란 친구들이 자리에 앉았다.

위로에 유통기한이 있는 건 아니지만 우리는 모두 조금 낯선 경험을 했다. 한 달 전에 죽은 고인을 위로하기 위해서 우리는 어디로 달려가야 하는지 몰랐다.

겨울나무를 보면 도저히 살아 있는 것이라고 믿을 수 없다. 봄이 되어야만 안다. 거친 피부를 뚫고 여린 초록이 고개를 내밀면 다시 생명의 시작이다. 그뿐이다. 그날 우리는 술을 마셨다. 재미없는 농담이 간간이 우리를 흔들었다. 이상할 건 없었다. 그만하면 되었다. 나도 새어 나오는 웃음을 애써 참지는 않았다.

'아니, 난 검은 정장도 없잖아.'

난 정장이 없다. 그래서 조문을 갈 수가 없다. 조문을 가지 않아도 되는 이유가 떠오르자 상쾌한 기분이 들었다. 하늘은 오전보다 더 푸르렀다.

산속에선 웃음이 죄가 되진 않는다. 스쳐 가는 사람들이 모두 웃는다. 그들의 웃음 속에서 굳이 슬픔을 찾을 필요가 없다. 파란 하늘이 심술궂게 웃으며 내 어깨를 짓눌렀다. 무거운가? 아니. 아무것도 아니다.

그림자

빛은 모든 것을 사랑하지 않았고
그림자는 빛에게 등을 돌렸다

한 사람이 서 있다

가만히 있는 줄 알았더니
해를 피해 도망가는
빛이 싫은 그림자를 바라보고 있었다

사람들이 떠들어 대며
그와 닿은 그림자를 아무렇지 않게 밟고 지나간 후였다
"다 그 정도 어두움은 있어"라고 말하는 것 같았다

그는 싫었다
빛을 따라갈수록 짙어지는 어둠이 싫었다

밝음이 만들어 낸 필연적인 어둠
그림자
그에게만 보이는 가려진 것들

한 사람만은 안다

거칠고 메마른 땅을
온몸으로 마주한 탓에 성한 곳 하나 없는
그림자도 아프다

쓸쓸해
한 사람이 웃으니
그림자가 따라 웃는다
한 사람이 걸으니
그림자가 따라 걷는다

떼 버릴 수 없는 어둠이 애달파

한 사람은 오늘도

빛을 찾는다

4. 나는 사상가

"나 좀 웃겨 줘."

마지막 소진의 부탁이었다.

나.
좀.
웃.
겨.
줘.

그녀가 시집을 가 버린 그날도 난 멀쩡히 무대에 올랐다. 비가 오지 않아 섭섭했지만 난 상관없이 남을 웃겼다. 관객은 고맙게도 내 기분을 묻지 않고 웃어 주었다. 덕분에 나도 웃었다.

오늘같이 웃기 힘든 날이면 그때가 그리워지는 건 어쩔 수 없다. 나를 잊기 위해 누군가를 웃기는 건 좋은 방법이다. 거울 앞에서 얼굴을 이리저리 우스꽝스럽게 구겨 봤다. 웃음과는 거리가 멀었다. 매직을 들고 얼굴에 그림을 조금 그려 봤다. 인중에 얇은 수염을 그리고 눈썹을 볼까지 그려 냈다. 분명 난 이런 개그는 좋아하지 않지만 나도 모르게 마른 웃음이 났다. 뭐 취향은 언제든 변할 수 있다. 수염을 장착한 얼굴은 다시 내가 무대 위에 올라간 듯한 착각을 느끼게 하였다. 착각은 현실이 아니다. 나는 착각을 포기하고 현실을 선택했다. 나의 무대는 이제 현실이다.

  현실엔 대본이 없다.

  오전 5시 54분 알람이 울린다. 일어나야 할 시간이지만 나는 아직도 잠들지 못했다. 잠들지 못했다고 해서 하루가 시작되지 않는 건 아니다. 꿈은 아침을 피곤하게 할 뿐이다.

  나는 욕실로 들어가 습관처럼 수전을 잡아 올렸다. 수도에서 밤새 참았던 울분을 쫙 하고 토해 낸다. 거울에 비친 광대는 방에서 보던 것과 또 달라 보였다. 조명 탓인가. 단지 그 차이일 뿐인가? 낡은 보일러는 따뜻한 물을 쉽게 토하지 않는다. 거울에 보이는 내 표정이 낯설다. 광대인 나는 이런 얼굴이구나. 눈을 감았다. 내 얼굴을 보기 싫어 감은 것이 아니라 따뜻한 물을 기다리는 동안 잠이나 자자 싶은 맘에 눈을 감은 걸로 해 두자. 따뜻한 열기가 얼굴을 감싼다. 일어나야 할 시간이다. 김이 올라와 거울을 흐릿하게 만들었다. 흐르는 따뜻한 물은 시야를 가린다. 흐르는 물로 얼굴을 적시고 비누 거품을 내 얼굴에 문질렀다. 세수하는 동안 소진을 생각했다. 내 얼굴에 묻은 얼룩에 대해서 생각했다.

눈을 감으니 보이지 않는 것들이 떠오른다. 따뜻한 물로 생각을 적셨다. 구석구석 꼼꼼히 광대를 지웠다. 김이 서린 거울을 손으로 닦아 내자 얼굴이 드러난다. 물이 뚝뚝 떨어지는 얼굴에 드문드문 광대의 흔적이 보인다. 다시 비누칠할까 하다 마음을 접었다. 다시 눈을 감을 만큼 내 아침은 여유롭지 않다.

욕실을 나와 곧장 주방으로 가 작은 스테인리스 주전자에 물을 올려 보리차를 끓였다. 냉장고에서 옥수수빵을 꺼내 전자레인지에 20초를 데웠다. 낡은 청바지를 입고 검정 무지티를 입었다. 새벽은 아직 쌀쌀하기에 검정 솜패딩을 입고 지퍼를 목까지 채웠다. 세탁은 했지만 군데군데 기름때가 묻어 있는 작업복을 둘둘 말아 가방에 밀어 넣었다.

  보리차의 고소한 냄새가 방 안에 풍기기 시작했다. 전자레인지 속 따끈한 옥수수빵을 꺼내 한입 베어 물고 차가 더 우러나길 기다렸다. 김이 폴폴 나는 보리차를 보온 물통 가득 채우고 투명 유리컵에도 가득 채웠다. 뜨거운 보리차를 후후 불어 목을 축였다. 식도부터 위장까지 따뜻한 보리차가 존재감 있게 내려갔다. 따뜻했다. 옥수수빵과 보리차는 나를 토닥이며 내 속으로 들어갔다. 나는 다시 욕실로 들어가 양치를 했다. 거울로 얼룩진 내 얼굴이 보인다. 웃었다. 치-이. 그만 웃어라. 정든다. 이제는 진짜 나가야 할 시간이다.

  나는 가방에 보온 물통을 넣고 문을 나섰다. 백만 원에서 기어코 이십만 원을 깎아 팔십만 원짜리가 된 검은 쏘나타에 올라 시동을 걸었다. 벌써 두 번은 방전이 돼 수명이 다해 가는 배터리는 덜덜거리며 힘겹게 엔진을 가동했다. 달은 밤새워 일하고도 아직 할 일이 남아 있는지 태양에게 자리를 양보하지 않았고 그 덕에 아직은 어두운 새벽이었다. 주위는 고요했다. 자동차는 시끄러웠다. 나는 하고 싶은 말을 참았다. 바퀴는 대수롭지 않게 움직였다. 7번 국도에는 자동차가 없었다. 별일은 아니다. 이른 새벽에는 원래 자동차가 많이 없다.

〈창의적이고 능동적인 핵심 인력이 되자!〉

빛바랜 플래카드는 한쪽 끝이 바람에 떨어져 펄럭인다. 오늘도 공장에는 내가 제일 먼저 도착했다. 자동차 부품을 만드는 작은 공장이다. 나는 공장 불을 켜고 구석 휴게실에 가서 담배에 불을 붙였다. 좀 있으면 엄청난 굉음으로 가득 찰 공장이었다. 아직은 사방이 조용했고 나의 숨소리와 담배가 타들어 가는 소리만 들렸다. 타닥타닥.

담배 연기를 내뿜으며 어느새 익숙해진 공간을 본다.

"이쪽으로 들어오세요."

흰 와이셔츠를 입은 청년은 나를 이곳으로 안내했다. 나는 심장이 터질 것 같았다. 면접 땐 뭐든지 할 수 있다고 말했지만, 이 소음만큼은 들을 수 없다고 번복하고 싶었다. 육중한 기계들이 작동하며 생기는 규칙적인 마찰 소리는 마치 전쟁터의 포탄 소리와 같았다. 쿵쾅쿵쾅.

전쟁의 무대가 펼쳐진 것 같았다. 기계들은 탱크였고 작업자들은 군인이었다. 나를 인솔하던 하얀 와이셔츠를 입은 젊은 남자가 무대의상을 넘겨줬다. 나는 군인이 되어 이 전쟁 속에 뛰어들어야 한다.

"이걸로 갈아입어요."

나는 양손으로 그가 주는 옷을 덥석 받았다. 충성. 그대의 명령에 복종하겠습니다. 나는 군인이 된 마음으로 그가 명하는 대로 따랐다. 그는 이름표가 없는 캐비닛을 차례로 하나씩 열었다.

"아, 하나씩 사용하라니까. 씨발."

내가 옆에 있는 것을 잊었는지 나의 젊은 상관은 크게 욕을 내뱉었다.

 나는 건네받은 작업복을 바닥에 내려놓았다. 남자는 열었던 캐비닛에서 사용할 수 없는 물건들을 꺼내기 시작했다. 나는 그 앞에서 옷을 하나씩 벗었다. 벗은 옷은 바닥에 내려놓았다. 남자가 캐비닛에서 꺼낸 사용할 수 없는 물건들은 내가 바닥에 벗어 둔 옷 바로 옆에 쌓였다. 남자는 벗은 내 몸을 쳐다보지 않았다. 그런데도 수치스러웠다. 수치스럽다는 건 자격지심이다.

 남자는 비워 낸 캐비닛을 물티슈로 닦아 냈다. 나는 작업복을 입었다. 조금 큰 듯 바지가 흘러내려 골반에 걸렸다. 허리춤을 둥글게 말아 억지로 고정했다. 내일은 허리띠를 들고 와야겠다고 생각했다. 남자는 막 쓰레기를 비워 낸 그곳에 내 소지품을 넣어 두라 손짓했다. 나는 방금까지 사용할 수 없는 물건으로 가득 찼었던 캐비닛에 입고 있던 옷을 넣었다. 남자는 내 옷이 들어간 캐비닛에 '은하수'라고 삐뚤거리게 적었다. 이름을 쓰자 쓰레기통이 옷장이 되었다.

4. 나는 사상가

남자는 탈의실 문을 열고 공장으로 나갔다. 나는 그의 뒤를 따랐다. 새로 받은 안전화를 신으려 허리를 숙였다. 내 앞으로 고양이만 한 크기의 쥐 한 마리가 빠르게 지나갔다. 나는 주저앉으며 소리를 질렀다. 시끄러운 공장에서 내 목소리가 타인에게 전해질 일은 없었다. 아무 일도 없었다. 남자는 앞서간다. 난 서둘러 남자를 따라간다. 남자는 작업반장에게 나를 소개했다.

"연극했대요."

　작업반장에게 소리 없이 허리만 숙여 꾸벅 인사했다. 나는 남자에게서 쥐에게로 쥐에게서 작업반장으로 인계되었다.

"사상 해 봤어요?"

　나의 업무는 간단했다. 나는 그날 공장 구석에 서서 전동 그라인더를 잡고 용접 부위를 사상 했다. 온종일 그것만 하면 되었다. 나의 직업은 사상가가 되었다.

"후-"

내뱉은 담배 연기가 아득하게 멀어진다. 하지만 담배 연기는 공장 안에 있음이 분명하다.

용접은 철과 철을 이어 주는 작업이다.
사상은 그 이은 상처를 없애는 작업이다.
나는 그곳에 서서 삶과 삶의 맞댄 자국을 묵묵히 지워 낸다.

"후-"

나무의자

어디서 왔나

너는 분명
자신감 넘치던 아이였을 거야
뜨거운 태양도 피하지 않았을 테고
스산한 달도 겁내지 않았을 테지

너는 분명
눈물의 의미를 알던 아이였을 거야
비 젖은 새의 울음도 귀찮은 풀벌레의 어리광도
이슬 머금은 너의 두 팔로 안아 줬을 테지

너는 분명
꿈꾸던 예술가였을 거야
바람이 말을 건네면 여린 너의 손들은 춤을 추며
파란 하늘에 수많은 그림을 그렸을 테지

영원할 것만 같던 시간은 지나고

다들 그렇게 그저 그렇게 될 거라고

꿈 많던 넌 잘리고 깎여 의자가 되었어

구름 베개 베고 누워

새와 벌레와 바람과 이슬방울과 대화하던

넌 답답하기 짝이 없는

내 엉덩이와 짝이 되었구나

넌 이제 어떤 이와 이야기하니

널 찾아오던 모두가 널 낯설어한대

넌 여전히 즐겁니

아님 돌아갈 수 없는 그날의 기억 때문에 아프니

오랜만에

찾아온 바람의 속삭임에도 흔들리지 않는 너는

입을 다물었구나

5.
유치원에도 짱은 있다

이제 외투를 입지 않아도 밤에 부는 바람마저 선선했고 그 향은 설렜다. 나는 두꺼운 옷을 벗었고, 벌거벗었던 산은 서둘러 초록 옷을 꺼내 입기 시작했다. 그때 정이와 하동이 찾아왔다.

"그래서 어떻게 됐는데?"

하동이 전혀 궁금하지 않은 말투로 내 이야기를 기다렸다.

"어떻게 되긴, 그냥 그랬다는 거지."

지겨워 죽겠다는 표정을 하며 내가 대답했다. 가만히 귀를 파던 정이도 나의 긴 이야기에 보답하듯 입을 열어 되물었다.

"아니, 그런 일을 당하고 그냥 그걸로 끝내 버렸다고?"

"그래."

정이가 의아해했다.

"어떻게 그럴 수가 있어?"

"직장인은 원래 그런 거야."

아이들은 내 이야기가 궁금하지 않아 보임에도 내 이야기에 집중했다. 나는 안주로 족발을 한 점 먹으려다 다시 말을 이었다.

"해도 뜨지 않은 아침, 이불 밖은 지옥보다 위험하다. 하지만 이불 속에 누워 있다가는 돈 없는 거지가 된다. 돈 없는 거지가 살기에 현시대는 지옥이다. 나는 이러지도 저러지도 못하고 이불을 벗어난다. 그리고 가기 싫은 회사로 향한다. 나는 돈의 노예로 살기로 결심했다. 돈은 현시대를 관통하는 철학이다. 돈의 가치는 변하지 않는다. 돈으로 살 수 있는 것들의 가치가 변할 뿐이다. 돈을 대체할 수 있는 건 수없이 많지만, 그 모든 것은 돈으로 살 수 있다. 회사는 사람의 시간을 돈으로 사들인다.

시간과 사람은 구별되지 않으니 돈으로 사람을 사는 것이라고 볼 수 있다. 돈은 모든 것의 원기가 되었다. 돈은 사람도 춤추게 한다. 돈은 불합리함을 가려 주는 안대다. 돈은 권력이다. 돈은 불가능한 걸 가능하게 하는 힘이다. 돈이 필요 없음을 증명하는 데는 돈이 필요하다. 개인은 선택권이 없다. 그래서 나는 회사원이 되었다. 이것 봐라. 지금 먹는 족발도 내가 사지 않았느냐."

하동이 입을 쩍 벌리고 하품을 한다. 정이가 핸드폰을 만졌다. 나는 맥주를 한 잔 따라 벌컥벌컥 마셨다. 돈의 가치를 모르는 친구들에게 돈을 설명하기란 여간 어려운 일이 아니다.

"아니, 그래서. 그 사람은 어떻게 됐냐고."

정이가 핸드폰을 만지며 다시 물었다. 나는 족발을 새우젓에 찍으며 대답했다.

"그 사람 이야기를 하려면, 아니 이해하려면 평범한

직장인이 회사를 욕하면서도 그만두는 건 왜 못 하는지부터 이해해야 해."

"왜 못 그만두는데?"

하품하다 눈가에 눈물이 맺힌 하동이 족발을 집어 들며 물었다.

"이때까지 이야기했잖아."

"아, 쏘리."

"이야기가 좀 길어질 수도 있으니 중간에 끊지 말고 들어."

두 사람이 고개를 끄덕인다. 여전히 흥미로운 표정은 아니다. 나는 맥주 한 잔을 벌컥벌컥 마시고 입을 닦았다. 두 사람과 눈이 마주친다. 크게 한숨을 들이켠다.

"그게 말이지…."

:

11시 반 배고픔이 한도를 넘었지만 아직 정해진 점심시간이 아니기 때문에 배고픔을 참아야 한다. 할 일이 넘쳐 나면 시간이라도 빨리 가겠지만 오늘따라 할 일은 없다.

모니터에 엑셀 창을 두어 개 열어 둔다. 그리고 인터넷을 연다. 나라님이 국정을 살피듯 나의 관심을 끌 만한 기사를 찾아 떠난다. 자극적인 사건 사고일수록 나의 죽어 가는 시간을 살린다.

〈사람 탈을 쓴 악마. 의붓딸 10년간 성폭행… 인면수심 50대, 10년 실형〉

"헐."

아무도 듣지 못하게 나의 분노가 표출된다. 옆 사람

에게 겨우 들릴 소리로 '딸깍' 기사를 클릭했다. 별다른 표정 변화 없이 기사를 읽어 내려간다. 기사는 그저 소설인가 싶다가도 이런 소설을 쓰는 사람이 어디 있겠나 싶어 사실임을 체감했다. 기사의 댓글을 읽었다.

- 찢어 죽일 놈.
- 미친놈. 죽여라.
- 사형시켜라, 제발.
- 갈아 버리자.
- 개호로 새끼.

　대부분의 댓글은 높은 확률로 정의로웠다. 욕은 거칠수록 더 정의로운 표현이다. 이 기사를 쓴 양반은 쌓이는 분노의 개수와 SNS의 '좋아요'를 동일시하고 있을까? 불쾌하다.
　이 기사를 읽는 것은 옳은 행위인가? 분노한다는 것은 무엇인가? 성범죄 영상을 보며 자위하는 인간들은 그 습성을 버리지 못하고 모니터 앞에서 저마다 댓글을 싸지른다. 성범죄 영상과 성범죄 기사는 무엇이 다를

까? 정액과 욕은 무엇이 다를까? 의로움과 쾌락은 얼마나 닮았을까? 점심시간이 이제 20분 남았다.

"야, 채 대리."

조용한 사무실에 짜증 가득한 소리가 고막을 때리며 퍼졌다. 남의 돈으로 대장질하는 김 부장이 또 지랄이다. 저 새끼는 왜 맨날 소리를 지르는지 알 수가 없다. 자기도 회사원 아닌가? 추악한 나르시시스트는 타자를 죽이고 자신의 아름다움을 뽐낸다. 우웩. 모두가 숨죽이고 지랄하는 걸 무시한다. 자신의 이름이 불린 것이 아니기 때문이다. 나도 마찬가지다. 내 할 일은 점심시간을 당겨 줄 자극적인 기사를 찾는 것뿐이다.

키가 작고 비쩍 마른 여자가 일어난다. 저 여자는 태어나서 저렇게 강압적이고 폭력적인 소리를 몇 번이나 들어 봤을까?

"대답 안 해?"

다시 불필요하게 큰 목소리가 사무실 안에서 울린다. 여자의 성대는 건조한 사무실 탓에 바짝 말라 있어 소리를 겨우 내뱉었다.

"네."

"들어와."

부장은 그 여자를 방으로 불렀다. 여자는 구름처럼 떠올라 걸었다. 소리 없이 문을 닫았다. 날갯짓이라도 해야 나비효과라도 생길 텐데 여자는 그 어떤 의지도 없어 보였다.

소리를 지르지 않아도 폭력적이지 않아도 충분히 직원을 제압할 수 있는 위치에 앉아 있는 부장은 왜 저렇게 미친놈이 되어야 할까? 여자가 들어가자마자 듣기 힘든 폭언과 욕설이 시작되었다. 나는 이보다 더 자극적인 기사를 찾지 못해 부장실에 귀를 기울였다. 누군가 낮고 작은 목소리로 "씨발."이라 허공에 댓글을 달았다. 나도 질세라 그 씨발에 동의한다는 듯이 "개새끼."

라고 댓글을 달았다. 하지만 달라지는 건 없었다. 자위는 마른 휴지만 남길 뿐이다. 점심시간이 10분 남았다.

 문이 열리고 만신창이가 된 여자가 패잔병이 되어 걸어 나온다. 여자가 자리에 쓰러지듯 앉자 뒤이어 김 부장이 문을 열고 나온다.

"야. 송 차장, 박 차장 나와."

 호명된 두 사람이 자리에서 일어난다. 부장을 따르는 이들의 어깨가 꼿꼿하다. 호위 무사 같다. 사무실 안은 아직 적막하다. 흡연실로 향하는 이들의 호쾌한 웃음소리가 들린다. 사무실을 전쟁터로 만든 부장이 웃는다. 대리의 눈가에 눈물이 맺히지만 흐르지는 않는다. 주먹을 꼭 쥐고 울음을 삼킨다. 전쟁 통에도 부장의 선택을 받은 사람들은 한 사람의 작은 주먹 속 큰 분노는 보려 하지 않는다. 프롤레타리아 세상에도 계급은 존재한다. 유치원에도 짱은 있다.

나는 참을 수 없었다. 자리를 박차고 일어났다. 다음 달이면 보너스 달이라는 사실과 두 달 전 6개월 할부로 산 85인치 TV가 떠올랐다. 조용히 자리에 앉았다. 다행히 내가 분노의 감정으로 짱의 자리를 넘보려 했다는 사실을 아는 사람은 아무도 없었다.

책상에 언제부터 있었는지 모르는 초콜릿 하나가 보였다. 나는 초콜릿을 들고 다시 조심스럽게 일어났다. 직장인에게 부당함은 참으라고 존재한다. 그 대가로 우리 집 TV는 빛나고 있을 터이고, 이 달콤한 초콜릿은 부당함을 이기는 데 조금은 도움이 될 것이다.

"이거 드세요."

"저 다이어트 중입니다."

여자는 내가 준 초콜릿을 바로 돌려주며 말했다. 울고 있을 거라고 생각한 여자는 웃고 있었다. 괜히 손이 뻘쭘해져서 돌아서려는데 키보드 위에서 그녀의 손이 춤추기 시작했다. 그녀의 모니터엔 빠른 속도로 "김 부장 개새끼"란 글자가 도배되고 있었다. 모두가 정상이 아니다.

"그리고 그거, 제가 드린 건데요?"

타자를 두드리던 여자가 주먹을 쥐고 나를 노려보며 말했다.

:
:

내 말을 가만히 듣던 정이가 한마디 툭 내뱉는다.

"에이, 뻥이지?"

"티 나?"

내가 웃으며 말했다.

"인기도 없는 게."

하동이가 톡 쏜다.

"티 나?"

내가 웃는다.

하동이 웃는다. 정이도 웃는다.

"됐고, 술이나 먹자. 그런 현실성 없는 이야기 재미도 없다."

그들을 이해 못 하는 우리는 술이나 마셨다.

주정

딸꾹

이보쇼
반갑소
그대도
혼자요

딸꾹

이 생에 아직 못 쌓은 덕이 있다면
잠깐
내 이야기 좀 들어 주시려오
금방 끝내겠소

딸꾹

나는 실체가 없어

못내 슬프오

울화통은 내 속에서 곪고

애꿎은 어미에게만 트림한다오

딸꾹

배고프면 무섭고

무서우면 웃고

웃기면 참지요

그게 내 밥이지요

딸꾹

내 하루를 팔아

빈 밥그릇 겨우 채웠는데

사촌이 땅을 샀소
근데 배가 안 아프오

딸꾹

밥그릇이 얼마나 비싼디
땅은 웬 말이오
난 그저 콩고물이나 떨어질까
헤벌쭉 기웃기웃하는데

딸꾹

이놈이 내 두 눈을 가리고
내 주둥이를 막고
내 두 팔을 묶고
내 두 발을 땅에 심는 것이 아니겠소

딸꾹

내일은 눈 떠야지
내일은 말할 수 있겠지
내일은 손 들 기회가 오겠지
내일은 걸을 수 있을 테지

딸꾹

그렇게 내일만
보고 참고 살았소
한데
난 늙고 병들었소

딸꾹

그래 나 취했소
어젯밤 꿈에서 절세미인이
알몸으로 유혹하는데
이 병신이 그걸 또 참아 냅디다

딸꾹

꿈에서 깨고
얼마나 후회했겠소
꿈에서도 참는 나는
얼마나 병신인 거요

예

취할 만하지요
내 누구 탓하는 것도 아니고

그냥
그렇다는 거예요

딸꾹

나도
존재의 이유를
고민하지 않던
때가 있었소

딸꾹

그때가 그립다는 건
오늘에겐 비밀로 해 주시오
그날의 업보로
말 못 하는 오늘이 얼마나 서럽겠소

딸꾹

그나저나
오늘 밤 미인이 나를 다시 찾아온다면
내 이번엔
잠자코 있진 않을 겁니다

딸꾹

고맙소
내 이야기 들어 줘서 복 받으실 거요
그대 바쁘더라도
밥 꼭 챙겨 드시오

6.
5점의 지옥

친한 친구가 나의 글을 읽더니 시간 낭비하지 말라고 했다. 하지만 글을 쓰지 않는 시간에도 딱히 무언가를 하지 않으니 나는 크게 낭비라는 생각이 들지 않았다. 내 생각이 그렇다고 해도 굳이 속마음을 친구에게 말하진 않았다.

연극을 할 땐 주로 사람이 사는 이야기를 했다. 돈을 버는 것을 주업으로 삼으니 주변인의 대화는 주식이니 재테크니 하는 불편한 말들로 채워졌다. 나는 그런 것을 할 줄 모른다. 자연스럽게 단체 톡방은 내가 있는 방과 없는 방으로 나누어졌다. 내가 있는 방은 대체로 조용했다. 그래서 나는 글을 쓴다. 다른 이보다 조용한 시간이 많다.

친구는 그런 나의 시간이 불만이었나 보다. 술에 취함과 동시에 꼰대가 되어 나를 타박했다. 연극을 할 때보다 훨씬 많은 수입을 얻고 있지만 나는 혼이 나고 있었다.

"네 글은 인마. 별점 많이 줘 봐야 3점이야."

"고맙다. 3점이나 줘서."

"이거 보이지?"

혀가 꼬인 친구는 다 먹어 가는 해물찜에 젓가락을 푹 쑤시며 말을 이었다.

"이거 지금 먹어도 맛있어. 배달의 민족 가면 평균 별점 5점이야. 근데. 이걸 이대로 배달하면 이건 빵점이야. 왜냐? 맛있다고 다 되는 게 아니거든. 이건 이미 차게 식었고, 해물도 없고, 심지어 남이 먹다 버린 거야. 그럼 이걸 5점으로 채우려면 어떻게 해야 하느냐?"

친구 놈이 얼굴을 벌겋게 하고 나를 노려본다. 나는 모른다 고개를 저었다. 친구는 해물찜에 박혀 있던 젓가락을 뽑아 나를 향해 들곤 거칠게 툭툭 흔들며 말을 이었다. 내 앞에 빨간 양념이 후드득 떨어진다.

"새로 만들어야지. 병신아. 다른 사람이 돼야지. 먹던 건 이제 버리고 새로 만들어야지. 이걸 다시 못 만들겠다면 짜장면이 되든 갈비찜이 되든 다시 만들 수 있는 걸 만들어야지. 씨발, 너도 이제 적은 나이 아니야."

틀린 말은 아니었다. 친구 눈에는 그렇게 보일 수도.

"너 아직 안 늦었어."

틀린 말은 아니었다. 친구 눈에는 그렇게 보일 수도.

한잔 더 마시고 싶은 마음이 들었지만 할 말이 아직 남은 친구를 먼저 보냈다. 말을 너무 많이 해도 피곤하다. 해는 아직 산 뒤로 숨을 생각이 없어 보였다. 나는 슈퍼에 들어가 소주 한 병을 사고 핸드폰으로 택시를 불렀다. 3분 거리에 있던 택시는 날름 내 앞으로 다가와 예약 불을 껐다. 나는 택시에 올라탔다.

취기 때문인지 흔들리는 택시 때문인지 시야가 흔들렸다. 기사는 바쁜 일이 있던지 무리하게 차선을 변경했다. 뒤따르던 승용차가 참지 않고 분노를 내뱉는다.

"빠앙------"

경고로 시작된 클랙슨 소리가 불쾌함으로 바뀔 때까지 멈추지 않는다.

"하. 저 개새끼가 죽으려고 환장했나."

  이를 꽉 깨물고 내뱉는 택시 아저씨의 소리는 분노의 감정으로 차 있었다. 분노의 상대는 내가 아니었지만 아저씨의 분노는 오로지 내 몫이었다. 억울했지만 이 싸움에 끼어들고 싶지 않았다. 영원할 것 같던 클랙슨 난동은 다행히 멈췄지만, 아저씨의 욕은 쉬이 멈출 것 같지 않았다. 젠장. 우리 집은 너무나 멀었다.

"손님, 미안합니다."

  택시 기사의 쉰 목소리가 나를 향한다. '괜찮습니다.'란 말이 소리의 형태를 가지려 입이 달싹거렸지만 소리로 만들어지기에 내 맘이 역부족이었다. 나는 그저 힘없이 고개를 끄덕였다. 기사 아저씨가 룸미러로 힐끗 나를 본다. 나는 시선을 피해 창밖을 본다. 아저씨의 입에서 소리가 나오지 않길 바란다. 하지만 사람 사는 일이 어디 내 맘대로 될 수 있을까. 아저씨는 쉬지 않고 말을 이었다. 나는 괴로웠지만 보일 듯 말 듯 고개를 끄떡이며 창밖을 보려 애썼다.

"저기 부탁인데. 내리시고 앱에 만족도 별점 다섯 개 좀 부탁해요."

"네?"

아저씨의 분노는 대기업 카더라택시에 불똥이 튀었다.

"아니, 기사 만족도에서 별점 한 개를 받으면 소명 기회 없이 바로 콜 정지를 받아요. 짧게는 몇 시간, 길게는 일주일. 아니 뭘 잘못했으면 뭐가 잘못됐다 말이라도 해 주든가. 그냥 그 자리에서 바로 끊겨. 우리는 어디에다가 억울하다고 말도 못 하고. 이런 게 대기업 갑질이 아니고 뭐예요."

나는 뭐라고 말을 이어야 할지 몰라 가만히 있었다. 아저씨는 가만히 있는 법을 모르는 것인가? 계속해서 듣기 싫은 말을 이었다. 이번엔 본인이 콜 정지를 당한 이야기였다. 자신의 아들보다 어린 승객에게 욕을 먹었다고 한다. 그래서 아저씨도 화를 내며 같이 싸웠다고 하셨다. 아저씨는 어린놈의 새끼가 자신을 깔보는 듯한 시선에 화가 나셨다고 한다. 아저씨는 분명 억울하고 분노할 만한 이야기였지만, 나는 무슨 죄인가. 아저씨의 말이 길어질수록 아저씨의 평점이 깎인다는 것을 왜 아저씨만 모른단 말인가?

아저씨의 긴 이야기만큼이나 먼 드라이브는 겨우 끝마쳐졌다. 나는 드디어 소리에서 벗어났다. 택시가 뒤도 돌아보지 않고 사라지고 나는 조용한 골목에 남겨졌다. 터벅터벅. 끼익. 동글이가 꼬리가 떨어질 듯 흔들며 나를 맞이한다.

나는 시골에 산다. 작은 마당이 있는 시골집.
휴일 오후. 술을 마셔 붕 떠 버린 마음을 붙잡고 한 팔로 동글이를 토닥이며 하늘을 본다. 귀가 아직도 윙윙거리는 거 같다. 떠 있는 구름이 꼭 코끼리처럼 생겼다. 피식 웃음이 났다. 바로 전에 있었던 모든 일이 꿈같이 느껴졌다. 친구와 아저씨가 사라진 나의 세상은 멈춰 버렸다. 나는 구름 속에서 동글이를 찾았고 해물찜을 찾았고 택시를 찾았고 소진을 찾았다. 소진은 구름 속에서 걸어와 내게 안녕 인사했다. 안녕.

동글이가 왈왈 하고 짖었다. 눈 뜬 채 잠들었던 나는 구름처럼 걸어오는 옆집 할머니를 그제야 인식했다. 할머니는 나를 보며 웃으며 천천히 걸어오고 있었다. 그녀의 손에는 으레 그랬던 것처럼 초코파이가 하나 들려 있었다.

"혼자만 묵으래이."

"고맙습니다. 잘 먹겠습니다."

우리의 대화는 더 이어질 수 없었다. 주인이 다인 줄 아는 동글이에게는 나에게 온정을 베푸는 할머니 또한 이방인일 뿐이다. 할머니를 향해 맹렬히 짖는 이 작은 녀석을 난 꾸짖었다. 그러자 할머니는 나를 말리며, "오냐. 너도 밥값을 하려면 짖어야지. 암. 짖어야지." 하시고는 천천히 돌아서서 집으로 향하셨다.

난 초코파이를 손에 든 채 다시 자리에 앉아 할머니를 바라봤다. 동글이도 진정이 됐는지 내 옆에 가만히 자리한다. 할머니는 집 마당에 웅크리고 앉아 무언가를 하셨다. 그 움직임은 너무 느리고 작았기 때문에 자세히 보지 않는다면 마치 잘려 나간 그루터기 같아 보였다. 하지만 할머니는 끊임없이 움직이고 있었고 나는 그런 할머니를 한참이나 바라봤다. 아! 할머니는 풀을 뽑고 계셨다. 할머니는 마당에 있는 잡초를 뽑아 바닥에 모으시고, 냉이를 캐서 작은 소쿠리에 담으셨다. 아프시다는 할머니는 냉이를 캐고 계셨다.

어제, 할머니는 마을회관 앞에서 지나다니는 동네 사람을 붙잡고, "우리 집이 어딘지 모르겠다."라는 말을 반복하셨다. 평생을 살아온 제 몸과 같은 집을 잊어버린 할머니는, 오늘 마당에서 자란 냉이와 잡초를 구분하셨다. 뽑아 버린 잡초는 곧 시들 것이고 냉이는 무침이나 국으로 오늘 할머니의 밥상에 올라갈 것이다.

강아지는 짖는 것이 제 몫이고 사람은 잡초와 냉이를 구분하여 먹는 것이 제 몫이다. 아프신 할머니는 오늘도 일을 하신다. 연신 풀을 뽑고 냉이를 캐신다. 나는 손에 들고 있던 초코파이를 까서 한입 베어 문다. 달콤하다. 나는 핸드폰을 꺼내 앱을 켰다. 그리고 별점을 꾹 눌렀다. 우린 모두 오늘 할 일을 했다.

너로 시를 쓸 걸 그랬다

형광펜 뚜껑이
또르르 굴러가더니
보이지 않는다

말라 가는 너를 보니
마음만 조급해진다

글씨 한번 적어 보지 못하고
다른 글만 빛내 주던
너는 참 예뻤는데

너와 함께
예쁜 시 하나 못 적은 것이
또 후회다

빈 종이 들고 와
가득 너를 채웠다

이 길에 우리 빛나는 이야기를
적어야지

내가 빛나는 줄 알았더니
내 앞에 빛나는 길이 있었다

너와 걷는 그 길이 또 빛난다
네가 참 예쁘다

7.
자존심은 다른 말을 한다

"은 대리님! 회사 잘리셨대요."

아침부터 조용히 나를 불러내기에 나는 무슨 일인가 했다. 평소에 대화 한 번 제대로 해 본 적 없는 그녀는 회사에서 친한 사람 한 명이 없었다. 회식 한 번 참여한 적이 없었고, 불필요한 대화 한 번 허투루 한 적이 없었다. 그럼에도 회사 내에서 남자들에게 꽤 인기가 있었다. 그녀의 시니컬함 속에 감춰져 있는 미소를 본 사람들은 그녀를 사랑하지 않을 수 없었다. 그런 그녀가 사람들 속에서 나를 콕 찍어 불러내었다. 나는 그녀를 뒤따르며 혹시 몰라 우리의 결혼식과 신혼여행 그리고 첫째 아이의 이름까지 상상하던 참이었다. 근데 그 사람의 입에서 나온 말이 "우리 결혼해요."보다 충격적인 말이라니. 이런.

"네?"

"이번에 구조조정 지시 떨어졌거든요. 제가 명단 슬쩍 봤는데 대리님도 포함이네요."

"잘됐네요. 안 그래도 그만둘 참이었는데…."

"대신, 권고사직이라 실업급여 받을 수 있대요."

"잘됐네요. 안 그래도 진짜로 그만둘 참이었는데…."

"오늘부터 쉬시고 연차 소진 후에 퇴사 처리 하신다고 하네요."

"잘됐네요. 안 그래도 참말로 그만둘 참이었는데…."

"그쵸. 너무 잘됐죠?"

그녀가 방긋 웃으며 나를 본다. 나는 그녀를 사랑하지 않을 수 없었지만, 어른 백수는 누군가를 사랑하기에는 자격지심이 든다. 나는 괜히 당당하게 공기로 가득 찬 풍선 같은 말을 지껄인다.

"아휴. 그럼요. 이 지긋지긋한 회사, 내가 언제 떠나나 했는데."

"그러게 말이에요. 저는 이참에 학원 등록해서 자격증이나 따 볼까 해요."

"아. 그럼 시니컬 대리도?"

"예. 잘됐죠. 뭐. 저는 진짜 가슴속에 사직서 품고 있었는데요, 뭐."

그녀가 방긋 웃는다. 그녀가 나와의 결혼을 상상하는 것인가?
나는 그녀의 미소를 봤으니 사랑할 수밖에 없는데.

"은 대리님은 이제 뭐 하실 생각이세요?"

"결혼요."

"예?"

"예? 아, 아니요. 그게 좀 당황스러워서요. 이제 생각해 봐야지요."

"네. 다른 사람한테는 비밀이에요. 저희 둘 말고도 몇 명 더 있을 거예요."

"네. 아무튼 잘된 일이네요. 축하해요. 시니컬 대리님."

"네. 은 대리님도 축하드려요."

멀리에서 우리의 대화가 궁금한 동료들이 기웃기웃 우리를 훔쳐본다. 재미 하나 없는 회사에서 흥미를 찾은 듯 연신 서로 떠들어 대고 있다. 그들의 목소리가 들리지 않지만 들리는 듯했다.

'너희는 모르지. 미소 천사가 웃으며 나를 쥐어패고 있다는 걸.'

청소하다 꺼낸 사진

청소하다 집어 든
낡은 앨범 하나

쌓인 먼지 툭툭 털어 내고
인생을 열었다
청소는 까맣게 잊고
자리에 앉아

낯선 해맑음에
그땐 그랬지 그랬었지
나를 추억한다

몇 살 때일까?
케이크 앞에 앉아 웃는 너는
지금의 나를 꿈꿨을까?

너 아픈 일을 내가 아는데
웃고 있는 너를 보니
너에게 들키고 싶지 않은
내일을 감추려
나는 또 웃었다

괜찮아
괜찮아
괜찮아

네가 나를 안는다
케이크만 한 네가
집채만 한 고민을 안는다

네가 내 위로가 될 줄이야

버틴 너의 그날이 허무하지 않게
삼킨 너의 울분이 바래지지 않게

괜찮아
괜찮아
괜찮아

8.
오히려 좋아

회사에서 잘리니 회사를 그만둘 용기를 안 내어도 된다. 난 다시 도전할 기회가 생긴다. 어부지리도 실력이다.
 넘어진 김에 쉬어 가라고, 몰라. 여행이나 가련다 하니, 친구가 말린다.

 "40에 회사 잘린 게 자랑이라고 여행을 가냐?"

 회사에서 잘린 게 자랑은 아니지만, 말린다고 내가 말린 생선이 될 수 있는 것도 아니고, 여행은 갈 수 있는 거 아니냐?

 나는 좋은데?

나는 나이가 들어 가는 것을 즐거워할 거야

나이가 든다는 거
죽음이 가까워져 슬픈 것일까?

차마 잡지 못한 어제는 추억이 돼 버려
아니, 모든 날은 아니고
다만 그 어제가 간절할 때

그래서 슬퍼
사라지는 오늘은 나에게 아무 말이 없거든
미련으로 잡은
하루의 끝을 상처로 기쁨으로 후회로 환희로

기억에 남지 않는 오늘은
사라져
기억에 남는 오늘은
가끔 후회가 돼

그래서
그냥
후회되는 삶 살려고

나무에서 바다를 찾고
산에서 물고기를 찾을 거야
그리고
가끔 우겨 볼 거야

세상 모두가 믿지 않아도
오늘은 날 믿어 줄 테니

오늘이
사라지지 않게
나이가
서글퍼지지 않게

죽어 가지만

나는

나이가 들어 가는 것을 즐거워할 거야

9.
개미의 여행

거제에 왔다. 텐트를 치고 낯선 길을 걷는다. 하늘은 얼굴을 찌푸렸지만, 바람은 시원하게 말을 걸었다. 회사가 망해 직업을 잃었다. 덕분에 걷는 시간을 얻었다. 사장에게는 미안하지만, 노예 취급을 받았던 터라 애석하게도 애사심이 없다.

아침으로 김밥을 먹었다. 김밥은 혼자 먹어도 맛있다. 김이 밥을 꼭 안고 있어서 외롭지 않다. 김밥을 먹으며 개미를 구경한다. 개미 세 마리가 분주히 제자리를 맴돈다. 나는 밥알 하나를 떼어 개미한테 내어준다. 한 마리가 관심을 가지는 듯했지만 다른 바쁜 일이 떠오른 듯 밥알을 스쳐 지났다. 아마도 개미는 사장 눈치를 보느라 밥알의 유혹을 넘겼나 보다. 나쁜 놈의 사장.

후드득 비가 쏟아졌다. 찌푸린 하늘이 나의 여유를 질투했다. 시원한 바람도 갑자기 다른 이가 되어 비를 머금고 내내 두 뺨을 후려친다. 행복하던 기분이 변덕스런 하늘과 바람 덕분에 한풀 꺾였다.

열심히 살았다.

 근데 자꾸 넘어진다. 원한 건 아니다. 더 아픈 기억의 파편은 넌 아직 버틸 만하다고 말한다.

 '누구 맘대로….'

 비를 맞으며 무작정 걸었다. 우산을 써도 비는 나를 때린다. 내가 걷는 방향에서 차가 요란하게 다가온다. 나는 급히 우산으로 나를 가렸다. 우산은 비를 막는 용도보단 나의 청승맞음을 가려 주는 기능으로 바뀌었다. 우산의 본질은 외부로부터 나를 보호하는 것이니 그 쓰임이 크게 달라졌다고 볼 수도 없다. 나의 본질은 일하는 사람이 아니니 회사에서 잘렸다고 쓰임이 없어졌다 볼 수는 없지 않을까?

 여러 해에 걸쳐 여러 모습으로 나는 왜 살아야만 하는지 물었다. 나는 유머로 살았고, 거짓말로 살았고, 잊음으로 살았다. 하지만 그 모든 게 사라질 때면 우울했다.

사라지는 것은 진실이 아니다. 그 어떤 것도 내가 살아야 하는 이유는 될 수 없었다.

얼마나 걸었을까? 걷다 보니 너무 멀리 왔다. 돌아가는 길은 찾을 수 있겠지. 이곳에 내 집은 없어도 묵을 자리는 있으니 나는 돌아가야 한다. 돌아가야 할 곳이 있다. 돌아가는 길은 낯설다. 이 길이 맞을까? 걱정이 스멀스멀 밀려온다. 조금은 두렵지만, 걸어온 길이라면 그래도 쉽게 찾을 수 있지 않을까? 아까와 비슷한 나무를 지나 아까와 비슷한 돌을 지나 걷다 보니 저 멀리 버스 정류장이 보인다. 다행이다. 기억이 난다.

비 오는 버스 정류장엔 여전히 아무도 버스를 기다리지 않았다. 아까 그대로다.

'그래. 버스 정류장은 기다리는 곳이 아니라 떠나는 곳이지.'

나는 고개를 끄덕였다.

아침

아침에 눈을 뜨면
공허함이 좋다
그 시간은 고민도 걱정도 사랑도 분노도 없는
하얀 시간
잠의 시작을 방해하던 모든 것들이
잠의 끝을 방해하지 않는 유일한 시간
밤새 꾼 꿈을
사과할 필요가 없는 시간

아침

아참

넌 어떻게 지내?
난 이렇게 지내.

하얀 시간을 방해하는 건

이내 너의 몫

언제나 그리워하는 건

이내 나의 몫

다시

비가 내리면

난 우산을 들고 너에게 갈 수 있을까?

10.
착한아이증후군

여수에 왔다. 여수에서도 낯선 숲길을 걷는다. 아무도 없는 숲길은 걷기가 좋다. 아카시아 가지 하나를 떼 손가락으로 툭 쳐 본다. 여린 나뭇잎이 분한 듯 파르르 떨며 떨어진다.

함께하던 사람이 이른 봄 새싹처럼 얼어 있는 기억을 비집고 피어난다. 아카시아 잎 하나 번갈아 떼 내며 사랑한다 말하던 그때를. 하나쯤 떼 내어도 모를 나뭇잎 같은 기억은 귀찮게도 흔적이 남아 떠나간 추억을 아름답게 만든다.

숲길에 핀 꽃이 하얗고 예뻐서 포털 사이트에서 꽃에 대해 알아봤더니 92%의 확률로 찔레꽃이란다. 이름도 몰랐던 꽃이 참 예쁘다.

다른 이름으로는 들장미. 장미과라 가시가 있다. 그러고 보니 찔레라는 이름도 가시에 찔린다는 말을 표현한 거 아닐까?

찔레의 꽃말을 보니 온유란다. 가시까지 있는 너를 온유하게 만든 건 꽃말인가 아님 너 자신인가? 나는 왜 그런지 어렸을 때부터 착하단 소리를 많이 들었다. 내가 꽃이라면 꽃말이 착함인 셈이다. 모두가 나더러 착하다 하니, 나는 착함에 중독되었다. 착함을 유지하기 위해선 대부분의 상황에서 이해와 양보로 대응한다. 내 몸에 돋아난 가시는 드러내는 법이 없다.

사람들이 좋아한다. 나는 착해서 사람들이 좋아한다. 나는 착해야 한다.

사랑이 왔다. 내가 착해서 좋다고 했다. 사랑이 떠났다. 내가 착해서 싫다고 했다. 그녀는 내가 착해서 나를 사랑하지 않았다. 그녀는 내게 말했다. 당신은 결코 착하지 않다. 나는 적당히 착한 사람도 아니고 그냥 착하지 않은 사람이었다.

모두가 나를 좋아했지만 날 어루만지는 가까운 사람들만 내 성난 가시에 찔린다. 주변 사람들만 다친다. 알고 있었지만 속이고 있었다. 불편했지만 참고 있었다. 모두에게 사랑받고 싶었다. 그래서 사랑하는 사람이 떠났다.

잠을 자다가도 불편하면 몸을 뒤적거리는 게 맞다. 비가 오면 우산을 쓰고, 더우면 옷을 벗어 버리고, 배가 아프면 화장실로 달려가면 된다. 공정하지 않은 심판의 판정은 비디오 판독으로 뒤집을 수도 있다. 상황에 맞는 방법들은 쉬우면서도 자연스럽다.

  난 착하지 않다. 사랑받지 않아도 된다. 이 자연스러운 사실을 받아들이는 데 꽤나 오랜 시간이 걸렸다.

  나는 이제 찔레꽃처럼 내 몸에 돋아난 가시를 숨기지 않는다. 착함은 사랑받는 용도가 아닌 사랑 주는 용도로 쓰여야 자연스럽다.

  나는 여전히 착하단 소릴 듣는다. 별 신경 쓰지 않는다. 어쨌거나 내 꽃말은 착함이다. 어쨌거나 내가 너를 사랑하면 된다.

여드름

세수를 하는데
구레나룻과 귀 사이가 아프다
젠장, 여드름이 났나 보다
여린 살에 여드름이 나면 너무 아프다
짤 때도 아프고 나도 모르게 손이 닿기라도 하면
순간 전기가 머리통을 때리는 고통이 온다
얼마나 아픈지 모른다
하필이면 그 여린 곳에 여드름이 났다

손톱을 세우고
위치를 잡고
한 방에 처리해야 한다
한 번의 고통으로 끝내야 한다
조준
으아악
실패

짜증을 동반한 고통은 전이되어 머리통 전체에 울린다
피는 났지만
눈물도 났지만
원하는 것은 아직이다

다시 손톱을 세운다
이까짓 아픔쯤이야 하고 생각한다

인내
나는 어렸을 때부터 여드름을 달고 살아 이까짓 아픔은 잘 참는다 내가 아는 여드름쟁이 중에서도 고통은 내가 제일 잘 참는다고 말할 수 있다
나는 아픔에 둔한 사람이다

그러니
나는

다시 할 수 있다

또

피가 난다 하더라도

11.
반말이 좋다

순천에 왔다. 선암사를 간다. 이곳의 나무들은 키가 다 크다. 계곡물이 잔잔히 흐른다. 새가 노래를 부른다. 바람이 불어 나뭇잎이 박수를 친다. 모든 소리가 어우러져 없는 것처럼 존재한다.

어젯밤에 나는 멍하니 바다를 보다 불편함을 느꼈다. 없는 것처럼 존재하던 미운 마음이 불쑥 떠올랐기 때문이다. 불쑥 떠오른 건 좋아하지 않는 사람이었다. 고개를 저었지만 한 번 점화된 생각은 쉽사리 꺼지지 않았다. 그와 나는 오해로 사이가 멀어졌다. 나는 그가 나를 오해하도록 내버려뒀다. 그 사람과 더는 연을 이어 가고 싶지 않았다. 그건 그냥 나의 선택이었다. 별일 아니었다.

나는 사실 김치를 좋아한다. 얼마 전 여수 여행에서 먹었던 갓김치도 참 맛있었다.

나는 김치를 먹을 때 라면을 곁들이기도 하고 삼겹살을 곁들이기도 한다. 흰쌀밥도 김치를 먹기에는 안성맞춤이다.

나는 건강한 관계에 대해서 생각한다. 평등하다고 믿었던 관계는 순서가 조금 바뀌어도 쉽게 어색해진다. 나는 그에게 앞서면 안 되는 사람이었다. 그와 나는 우리가 될 수 없었다.

나는 어디든 어울리는 김치 같은 반말이 좋다. 반말에는 힘이 있다. 반말은 평등하다. 반말은 관계 속에 너와 내가 그 인격 자체로 설 수 있게 만들어 준다. 관계는 반말에서 나온다. 존중과 존경은 말이 길어진다고 생기는 게 아니다.

아기 다람쥐를 봤다.

700년 된 매화나무를 봤다.

도시에서 좀처럼 보기 힘든 것들을 봤다. 보기 힘든 것들은 높은 확률로 귀하게 여긴다. 서로의 맘을 귀하게 여겨야 하는 이유도 이와 같다. 우리 모두의 맘은 서로 달라서 귀하고 소중하다.

내가 당신에게 존댓말을 쓴다고 해서 당신의 의견을 묻는 게 아니다. 당신이 내게 반말을 쓴다고 하여 당신이 걸어온 길이 내 나침판이 될 거라 생각하지도 마라.

말이 없는 나무는 700년이나 살았어도, 방금 일어난 꼬마 다람쥐가 놀다 간다.

나무

애써 잡고 있던 손을 놓아 버리자
바람에
멀리도 날아가 버렸다

갑자기 내리는 비는
아문 상처를 이해할 수 없다
바람은
너를 흔들고
떠나간 손에는
상처만 가득하지만

따뜻함이 너를 감싸면
상처를 뚫고 다른 친구가 돋아나겠지
푸르게

하나의 잎이 떨어져

찾을 수 없을지라도

너는 나무

또 다시

푸르게 반짝이는

나는 나무

12.
지루한 역사는
아름다울 확률이 높다

우리나라 땅끝을 간다. 땅끝은 북위 34도 17분 38초, 동경 126도 6분 01초에 위치한다. 그곳이 우리나라 최남단이라 땅끝이라 부른다. 나는 인공위성이 아니라서 그곳이 정말 땅끝인지 알 수 없다. 믿는 것이다. 설사 그곳이 땅끝이 아니라 해도 굳이 피곤하게 따지지 않는다. 오늘 땅끝의 의미는 나에게 신념이 아니라 유희 같은 것이다.

나의 하루도 유희와 가깝다. 나의 인생은 쓸모없는 서사의 연속이다. 쓸모없다고 해서 농담처럼 웃어넘길 수 있는 것도 아니다. 그래서 답답하다. 쓸모 있게 만들어야 할 것만 같다.

아침이 되면 떠지지 않는 눈을 비비며 재미없는 하루를 시작했다. 재미없는 사람들 속에서 재미없는 이야기를 하며 웃기도 하고, 재미없는 이야기를 하며 화도 낸다. 종일 재미없는 일에 내 에너지를 다 소모한다. 쓰러지듯 집으로 돌아와 공허하게 웃는 TV와 맥주 한잔으로 피로를 푼다. 그러곤 아무렇지 않게 하루를 마무리한다. 의미 없는 하루가 쌓여 나의 어제가 된다. 나의 역사는 퍽 지루한 편이었다.

나는 시장에 가는 것을 좋아한다. 볼 것도 많고 먹을 것도 많다. 사람도 많다. 시장에 파는 것들은 대부분 가격을 달고 있지 않다. 시장은 이야기를 판다.

"상추 얼마예요?"

나의 말에 손톱에 흙물이 빠지지 않는 할머니는 묻는다.

"몇 명 먹을 건가?"

"저 혼자요."

"이천 원어치만 사 가소."

"예. 싱싱하지요?"

"오늘 아침에 따서 싱싱합니더."

나는 할머니의 이야기를 산다.

대형 마트에 가면 모든 상품에는 적당한 가격이 붙어 있다. 불필요한 이야기는 치우고 단 하나만 제시한다. 붙여진 가격은 가치를 대신 설명한다. 간편하다. 매겨진 가치는 한 줄로 세울 수 있다. 복잡한 다차원의 세계를 숫자는 간단히 2차원의 선으로 밀어 넣는다. 2차원에선 이야기는 중요하지 않다. 오히려 한 줄로 설 수 있음에 편리하고 공평하다 느낀다. 명품들은 비싸고, 저렴한 것은 명품이 아니다. 연봉이 낮은 나는 명품이 아니었다. 너와 나는 다르지만 줄 위에선 비교가 가능해진다.

 여행 중에 친구에게 전화가 왔다. 친구는 갑자기 나를 타일렀다.

 "너 왜 그렇게 살아?"

 나는 친구에게 할 말이 없었다. 친구는 내 이야기가 궁금한 것이 아니었다. 내 가치가 없어질까 무서웠을 것이다.

나는 결국 친구에게 아무 말도 하지 못했다. 줄에서 떨어진 나의 말은 변명처럼 들리기 쉽다. 하지만 줄에서 내려오니 보인다. 내가 버티고 있던 그곳 역시 그리 큰 의미는 없었다. 나는 떨어진 것이 아니라 두 발을 땅에 디뎠을 뿐이다. 어디든 걸어갈 수 있다.

너와 나의 하루는 대체로 의미 없는 하루일 확률이 높다.

맑은 하늘을 바라보는 것, 의견이 안 맞는 상사의 목소리를 듣는 것, 새의 노래에 함께 흥얼거리는 것, 불합리한 일을 참는 것, 불어오는 꽃 내음에 미소 짓는 것, 싫은 일을 하며 아닌 체하는 것, 밤하늘의 별을 세며 시간을 보내는 것, 점심시간을 기다리며 배고픔을 참는 것. 우리가 사는 세상은 의미 없는 것들로 가득 채워져 있다.

그 의미 없는 것들의 가치는 순간마다 달라진다. 숫자로 정해 둘 수 없는 것들이 태반이다. 나의 가치는 연봉으로 단순히 따질 수 있는 것이 아니다.

나는 친구에게 묻고 싶었다. 너의 하루는 얼마나 무의미한 것으로 채워지는지.

나는 친구에게 말하고 싶었다. 나의 하루는 무의미한 것들로 이토록 풍성히 채워져 있다고.

우리의 역사는 지루한 편이고, 통계적으로 지루한 역사는 아름다울 확률이 높다.

오래된 거리

눈 끔뻑
감았다 떴더니
세상이
사라졌다 생겼다

오랜만이다

오래된 거리는
네가 좋아하던 김치찌갯집을
아직 품고 있었고

잠시 멈춘 내 그림자에도
너와 나 마주하던 흔적이 남아 있다

언젠가 우리가 함께 걸었던
이 거리를 지나다가

여어긴가- 이쯔음인가-
미소 짓던 순간을 앨범에서 꺼내 본다

그 시절보다 많은 것을 얻었겠지만
너 하나 보고 웃던 그때의 내가 얄밉다

나는 멈춰 버린 내 그림자를 밟으려
걸음을 옮겼고

오래된 거리는
내가 좋아했던 너를
아직 품고 있었다

13.
머뭇거릴 용기

 진도에 왔다. 텐트를 치고 한동안 머물 동네를 걸었다. 조용한 마을이었다. 대단한 볼 것이 있는 건 아니었지만, 걷다 보니 이상하게 낯설지 않은 마음이 몽글거렸다. 난 이 감정을 아마도 설렘이라 불렀을 것이다.

 설레던 시간들이 생각난다. 업으로 연극을 했었다. 수익은 없다시피 했으니 생업은 서점 알바 식당 알바 등등이었을 수도 있겠다. 알바를 하며 부업으로 연극을 했다. 부업을 하며 배웠던 언어들은 완전히 새로운 것들이었다. 나는 연극을 통해 타인의 말을 듣는 법을 배웠고, 나의 말을 전달하는 법을 배웠다. 무대엔 작은 세상이 있었다. 세상을 만들어 내는 과정은 쉽지 않지만, 그것이 현실화됐을 때 느끼는 감정은 온갖 미사여구를 붙여도 모자라다. 마치 너구리를 뜯었는데 다시마가 두 개 들어 있는 기분이랄까?

 그럼에도 연극을 할 땐 자주 두려웠다. 연극은 기한이 짧다. 연습부터 공연까지 길게 봐도 두세 달이면 다시 일자리를 찾아야 한다. 불안은 각질처럼 내 삶의 일

부였다. 밀어내도 시간이 지나면 귀찮게도 다시 올라온다. 그럴 때마다 나는 무엇이든 노력해야 했다. 불안을 잠재우기 위해선 자기착취라도 필요했다. 아무것도 하지 않으면 아무것도 아닌 사람 같았다.

공백이 불안했다. 세상에는 대본이 없다. 내 말이 끝날 때까지 들어 주는 것은 고마운 일이다. 느리게 걷는 사람이 환영받는 때는 경쟁 상대로 만났을 때뿐이다.

어렵게 시작한 연극을 생각보다 쉽게 그만뒀다. 어렵게 그만둔 회사에 다시 어렵게 출근을 했다. 꼰대에게 미소 짓는 건 버거웠지만 매달 월급은 나에게 안정을 선물해 주었다. 고된 몸을 누일 집이 있다는 것. 필요 없는 물건을 살 돈이 있다는 것. 빈둥거리며 휴일을 보내도 아깝지 않은 시간이 있다는 것. 모든 것이 행복이라 부를 가치가 있는 것들이었다. 난 내 인생에 아무 일도 일어나지 않은 듯 그렇게 자연스럽게 늙어 가는 중이었다.

내 이야기가 소설이었다면 "그래서 주인공은 지루하고 행복한 삶을 쭉 살았답니다." 하고 마침표를 찍으면 되겠지만, 작가는 나를 이용해 하고 싶은 이야기가 더 있었나 보다. 주인공을 위해 멀쩡한 회사가 문을 닫고 경력 없는 늙다리 사회 초년생이 이제부터 무엇을 해낼지 흥미로운 이야기로 다시 시작된다.

  나는 다시 바다에 맞닿은 모래사장이 되었다.
  파도에 휩쓸리거나, 저항하거나, 머뭇거리거나.

운림산방

새들이 모여 지저귀는 소리는 애달프다
손이 없는 새는
입으로 가려운 곳도 긁어야 하고
입으로 먹이도 먹어야 하고
입으로 집도 지어야 한다
하루 종일 쉬지 않아
굳은살 굳게 박여
상처 될까 서로에게 사랑한다 입 한 번 못 맞춘다

운림산방 아래 안개 자욱이 낀 옛 건물 카페에 앉아
바삐 움직이는 새들의 소리가 애달픈 이유는
닮았다
그대 바쁜 날을

14.
귀여운 사람

목포에 왔다. 이번 여행은 오랜만에 만난 친구와 함께 했다. 목포가 고향인 친구가 시간을 내어 서울에서 내려왔다. 덕분에 맛집 탐방이 가능해진다.

게살비빔밥을 먹었다. 홍어, 홍어애탕, 홍어 애, 생닭발, 연포탕, 쑥꿀레, 떡볶이, 민어, 민어 부레와 껍질, 콩국수까지. 모두 맛있게 먹었다. 하나도 버릴 것이 없었다. 나를 위해 본인의 시간을 내어준 사람이 고마웠다.

난 귀여운 사람을 좋아한다. 마음이 귀여운 사람은 주위 사람들까지 그 귀여움을 감염시킨다. 나는 "아이쿠."라고 놀라는 사람이 좋다. 긴박한 상황에서도 "시발."을 찾지 않는 사람의 입에선 향기가 날 터이다.
난 말이 느린 사람을 좋아한다. 깊은 생각은 즉흥적인 감정으로 나를 무참히 찌르진 않는다.
나는 식당에서 "고맙습니다."라고 말하는 사람을 좋아한다. 당연한 것의 기준점이 낮은 사람일수록 함께 행복할 것들이 많아진다.
난 비판과 비난의 차이를 아는 사람을 좋아한다. 현명

한 비판은 관계를 건강하게 만들지만 비난은 아무런 효과도 기대할 수 없다.

나는 쓰레기를 함부로 버리지 않는 사람을 좋아한다. 정해진 규칙을 양심에 따라 지키는 사람은 관계에서도 우리가 지켜야 할 선을 지켜 준다.

나는 연민을 가진 사람을 좋아한다. 약함에 아파하는 마음은 그 자체로 빛이 난다.

나는 말이 잘 통하는 사람을 좋아한다. 말이 통한다는 건 같은 언어를 쓰는 것과는 별개의 문제다. 말이 통한다는 것은 맘이 통한다는 것과 같다. 슬퍼하는 나와 같은 표정을 보이는 친구가 내 앞에 서 있는 것만으로도 위로가 된다. 소리로 존재하는 것만이 말은 아닌 것이다.

소리에 대한 재밌는 실험을 봤다.

개는 5만 헤르츠의 소리까지 들을 수 있다고 한다.
사람은 2만 헤르츠의 소리까지 인식할 수 있다.

사람은 대부분 개가 듣는 소리를 들을 수 없다. 2만 헤르츠가 넘는 소리를 인간이 들을 수 있는 소리로 변환했더니 그 소리는 꽤 불쾌했다. 인간은 다행이게도 불쾌한 소리를, 듣기 싫어서가 아니라 정말 들을 수 없게 구조화된 것이다.

개의 소리를 듣지 못하는 자를 탓하지 마라. 개소릴 들으려 개가 될 순 없는 노릇이다.

하지만 불가능은 없다. 인간은 진화를 멈추지 않는다. 결국 개의 소리를 듣는 초능력이 생겼다면, 알 수 없는 개소리에 상처받을 필요가 없다. 들을 수 없는 소릴 이해했다는 당신이 뛰어난 것이다. 들을 필요 없는 소릴 들었으면 그저 신기해하면 된다. 이런 소리도 존재하는구나.

내가 옳다 믿는 말도 주파수가 다른 이에겐 개소리에 불과하다. 이 한 문장도 이해 못 하고 개소리를 내는 아픈 사람은 병원에 보내든지 개 취급을 하든지 하자. 물론 개 취급을 한다는 건 귀여워해 주란 말이다.

가벼운 사이

긴 밤 나누던 술 한잔은 얼마나 가벼웠던가
아침 쓰린 속을 걱정하던 맘은 얼마나 무거웠을까

하늘의 별이 반짝이다
아침이 되면 사라지는 것처럼

하루는 짧고
순간은 얼마나 영원한가

이 땅에 흩뿌려진 먼지는
가벼운 인연은 저버리겠소

순간은 얼마나 기대되고
하루는 얼마나 길던가

하늘의 별은
태양 빛 뒤에서 여전히 빛나고 있고

긴 밤 우리가 나누던 가벼운 농담은
오늘 내가 살아가는 무겁고도 뜨거운 이유라오

15.
내 첫사랑은 너다

전주에 왔다. 어제는 비가 오더니 오늘은 날씨가 맑다. 나는 전주 은씨다. 그래서 어렸을 때는 전주가 고향인 줄로 알았다. 나는 전주에 오늘 처음 와 봤다. 막상 전주에 오니 어딜 가야 하나 고민이 들었다. 전주는 나에게 고향이기도 하고 비빔밥이기도 하고 콩나물국밥이기도 했다. 친숙하지만 익숙하진 않았다. 친하다고 생각한 친구와 마주 앉았더니 막상 몇 마디 나눌 말이 없는 기분이었다. 한옥마을도 가야 하고 비빔밥도 먹어야 하고…. 검색 끝에 팔복예술공장이란 곳을 발견했다. 내가 모르던 전주가 궁금해 그곳으로 향했다.

 어렵지 않게 도착한 건물은 세월을 따라 부식되고 녹슬었다. 건물에 삐져나온 철골은 마치 뼈만 앙상하게 남은 내 할머니의 팔과 다리를 보는 것 같았다. 세월의 깊이가 남아 있는 이곳저곳에 새 물감을 칠하자 폐허였을 옛 건물 전체가 예술 작품처럼 보였다.
 아이들이 한곳에서 뛰어놀고 있었다. 뭐가 그렇게 신이 났는지 내 눈엔 그저 달리고 있을 뿐이었지만 웃음은 멈추지 않았다. 아이들의 땀 섞인 웃음소리는 이곳의 색감과 제법 어우러졌다.

이 공간의 시작은 카세트테이프를 만들던 공장이었다. 카세트테이프에는 왠지 모를 풋풋한 향수가 느껴진다. 용돈을 모아 좋아하는 가수의 테이프를 사서 듣는다. 좋아하는 노래가 생기면 가사집을 보며 질릴 때까지 듣는다. 가수의 노랫말은 어느새 내 이야기가 된다. 애틋한 시간이 쌓인 소중한 노래는 좋아하는 친구에게 건네기도 한다.

"이 노래 되게 좋다. 들어 봐. 특히 3번 트랙 노래 꼭 들어 봐."

내가 너를 좋아한다는 말 대신 난 테이프를 건넸다. 그 시절 테이프의 기억은 풋풋한 첫사랑과 닮았다.

공장은 문을 닫았다. 씩씩하게 돌아가던 기계는 멈췄고 사람들은 자리를 잃었다. 모두가 떠나야 한다. 저마다 사람들은 자신의 자리에 아쉬움과 분노, 슬픔과 막막함, 타협과 포기 같은 것들을 놓고 떠났다. 어지럽게 흩어진 그곳에 남은 것은 결코 좋은 기억은 아니었을 것이다. 같은 땅을 밟은 방문객은 같은 공간에 멈춰서 첫사랑을 추억하며 미소 짓는다. 얼굴도 모르는 다른 사람의 아픔을 공감하기보다 나의 오늘 감정에 충실한다. 사실 다른 사람의 아픔은 나에겐 아무것도 아니다. 공감하든 공감하지 않든 나의 선택이다. 선택에 밀린 건 안타깝지만 버려진다. 선택에 밀려난 카세트는 버려졌다.

내 아픔도 마찬가지다. 내 아픔도 다른 이에겐 별 가치가 없다. 필요 없는 것들은 버려진다. 버려질 가치 없는 일로 내 마음을 아리게 놔둘 필요는 없다.

버리자. 버려진 카세트테이프는 어느 날 문득 첫사랑이 되어 다가올지도 모를 일이다.

널 닮은 예쁜 삼겹살

점심을 먹다 네 생각이 났어
네가 좋아하는 수육
네 생각을 하니 내 마음이 콩콩

땅에 핀 꽃들도
하늘에 핀 구름도
지저귀는 새의 노랫소리도
무리 지어 걸어가는 개미도
가을이면 낙엽 지고 봄이면 새살 돋아나는 나무도
평생 한쪽으로만 흐르는 시냇물도
햇빛 부서지는 바다도
낮에 숨어 있는 별들도
아름답다답다면서
신비롭다롭다면서
보고싶다싶다면서

왜 내 마음 참는지
참
사랑한다
너
오늘은
너 닮은 예쁜 꽃 사 가야지
오늘은
너 좋아하는 예쁜 삼겹살 사 가야지

16.
내 소설 주인공은 천천히 걷는다

군산에 왔다. 영화 촬영지로 유명한 오래된 중식당에 들렸다. 점심시간이 훌쩍 지나서인지 사장님은 계산대에 앉아 눈 뜬 채로 졸고 계셨다. 짜장면 한 그릇 시키기가 왠지 미안했지만, 주인은 얼른 물 한 잔을 내주었다. 나는 덕분에 이름도 생소한 물짜장을 먹었다. 넓은 식당에 혼자 앉아 밥을 먹으니 괜히 내가 영화의 주인공이라도 된 것 같았다.

S#1 - 오래된 중국집

여기 불치병에 걸린 주인공이 있다. 자신의 남은 생이 얼마 남지 않았다는 걸 알고 자신의 목숨보다 사랑하는 여자와 헤어질 결심을 한다. 장소는 오래된 중국집. 여자는 아직 오직 않았고 남자는 물짜장 한 그릇을 시켜 먼저 먹고 있다. 그때 끼익 문이 열리는 소리.

남자 물짜장 맛있네… (여자를 발견) 어?
　왔어? 앉아.
여자 벌써 먹고 있어? 내 거는?

남자 네 거는 네가 시켜 먹어.

(사이) 서로 눈이 마주친다. 묘하게 긴장감이 흐른다. 남자는 여자 눈을 피하며 주방에 외친다.

남자 사장님 단무지 추가요.

  불치병에 걸린 비극의 인물은 한때 우리나라 영화나 드라마의 단골 소재였다. 죽음도 갈라놓지 못하는 사랑. 이런 소재는 의학의 발전 때문인지 요즘은 좀처럼 찾아보기 힘들다. 차라리 돈으로도 갈라놓지 못하는 사랑이 왠지 더 진실해 보인다. 돈이 있으면 8월에도 크리스마스를 만들 수 있다. 충분히.

  병맛 시나리오는 중국집에 남겨 둔 채 선유도로 향한다. 선유도를 가기 위해선 배를 탈 필요가 없다. 세계에서 가장 길다는 새만금방조제가 연결되어 있기 때문이다. 바다를 가른 이 길은 원래는 바다였던 한쪽을 호수로 만들었다. 자본은 바다를 호수로도 바꿀 수 있다. 충분히.

  바다를 가른 이 길은 자로 그은 듯 일직선으로 끊임없이 이어져 있다. 나는 달리고 있었으나 마치 서 있는 듯한 착각이 들었다. 길 위의 소실점은 아무리 달려도 끝내 닿을 것 같지 않았다.

  열심히 달려도 티가 나지 않는 걸음이 있다. 돈이 되지 않는 걸음은 대부분 티가 나지 않는다. 내 삼십 대 걸음이 그랬다. 자기합리화를 빼고 본다면 내 걸음이 도달한 곳은 그 어디도 아니었다.
  연극은 기록되지 않는다. 아무도 읽지 않는 내 소설은 나만 재밌다. 아무도 읽지 않는 내 시는 나만 애달프다. 주저하던 나의 밤은 나만 안다.

  내 소설의 주인공은 천천히 걷는다. 주변의 바삐 걷는 사람들은 천천히 걷는 주인공에게 저마다 다른 훈계를 한다. 주인공은 가만히 훈계를 듣는다. 반박도 하지 않는다. 그냥 듣고 그냥 산다. 파란 하늘을 보며 불어오는 향긋한 봄바람에 설렐 뿐이다.

나도 오늘 밤 그냥 산다.
딱히 티가 나는 걸음은 아니더라도,
나는 여전히 걷고 있다.

여행

해가 어미 가슴골 같은 산 너머로 쉬러 간다
잔잔히 흐르는 강물의 반짝임이 길어진다
축 늘어진 거목의 무게도 길어진다
나의 옆을 지나가는 소리도 길어지고
반쯤 비워진 맥주병도 길어진다

하루가 나에게 멀어지려 안간힘을 쓴다
더위야 아쉬울 일이 없겠지마는
자꾸만 멀어지는 네가 아쉽다

오늘을 뒤섞어 흔들면
지금의 하늘빛과 닮은 색이 나오겠지만
매일의 하늘빛이 오늘 같다고는 말하지 못한다

어디서나 너는 다가왔다 멀어지는데
어찌 너를 지겨워했을까

삶이 즐겁지 않은 이유는
여행을 특별하게 여기기 때문이다

같은 하루의 끝을 잡는 나는
여행을 동경하지 않고
지겨운 내 하루를
두려워하지 않는다
나는
가슴에 멍을 내고 도려내어
오늘
글을 쓴다

17.
내일을 빌려
오늘 행복하면 어때

서산에 왔다. 해미읍성은 걷기 좋아하는 내가 딱 좋아할 만큼 넓고 평온했다. 사람이 만들어 내는 소리는 거의 없었고 바람에 나뭇잎 부딪히는 소리와 새들의 지저귐이 대부분이었다. 파란 하늘은 제 모습을 가리는 미세먼지 하나 없이 푸름을 뽐내고 있었다. 날 감싸고 있는 모든 것들이 원래 그러하듯 따뜻했다.

평온하게만 보이는 이곳엔 피의 흔적이 남아 있다. 조선 말기 천주교 박해로 인해 1천여 명 이상의 천주교 신자들이 순교당한 곳이다. 생각하기도 힘든 끔찍한 그날도 오늘처럼 맑았을까?

용현자연휴양림에 텐트를 쳤다. 평일이라 사람도 없고 산기슭에 위치해서 무척 시원했다. 나는 할 일이 없어 산책을 한다. 산책을 하면서 사색에 빠진다. 사색은 하루 중 내가 가장 공들여 하는 행위이다. 나는 할 일이 없던 어제에 대해 생각한다. 할 일이 없던 어제는 오늘에서야 비로소 소중한지 안다. 지나고 나면 아무것도 아닌 걸 왜 더 최선을 다해 쉬지 못했는지 후회해도 이미 늦었다. 그래서 난 오늘 최선을 다해 쉰다.

사색을 하다 보니 오늘이 여행을 떠나기 전 쳤던 기사 시험의 최종 발표 날인 걸 알았다. 오래간만에 긴장감이 몰려왔다. 사진만 찍던 휴대폰이 오랜만에 다른 기능을 한다. 수험 번호를 입력했다. 불합격 통보가 떨어졌다. 수험 번호를 잘못 입력했나? 다시 입력한다. 불합격 통보가 떨어졌다. 전산이 잘못되었는가? 다시 수험 번호를 입력했다. 한 번 두 번 세 번 검색할 때마다 자꾸 이놈이 불합격을 준다.

　여유롭던 하루가 갑자기 축축해졌다. 편히 쉬고자 한 오늘 뒤에 다가오는 내일이란 놈이 막막함을 데리고 온단다. 나는 이제 다시 편히 쉬면 안 되는 사람이 되었다. 그치. 너도 양심이 있어야지.
　막힘없이 써 내려가던 나의 문제지를 보며 난 합격이라고 굳게 믿었다. 하지만 내 시험지는 내 손을 떠나는 순간부터 휴지 조각에 불과했다. 그걸 오늘에서야 안 거다. 알고 나니 불안해진다. 나는 떨어질 시험지를 제출하는 순간부터 불안해야 맞다. 이제야 불안해하는 것도 모순이다.

나는 어차피 다시 시험을 칠 것이고 합격을 할 것이다. 그땐 아마도 기뻐하겠지. 그래서 나는 그날의 기쁨을 조금 빌려 오기로 했다. 오늘의 기억을 추억으로 그날의 내게 갚는다면 그날의 나도 큰 손해는 아닐 것이다. 실망은 절망으로 이어질 것이 아니라 그것으로 남아 있어도 충분하다.

산을 내려오는 길이 다시 아름다웠다. 축축했던 산길은 기분에 따라 다시 걷기 좋아하는 내가 딱 좋아하는 습도로 바뀌었다. 시냇물엔 물고기가 조용히 헤엄치고 물은 빛이 부딪혀 졸졸거리며 빛난다. 나를 만난 빛은 그림자가 되어 자연과 하나가 된다. 나의 어둠은 제거 대상이 아니다. 빛이 비친다는 증거다. 나는 이곳에 던져졌고 이곳에서 행복감을 느낀다. 그럼 된 거 아닌가? 내 그림자가 빛난다.

아무 일도 일어나지 않았다

밤새 놀던 해마저
오늘은 늦장을 부리는지
검은 구름 이불 덮고
일어날 생각을 하질 않는다

덕분에
어제보다 어두운 아침
나는
물 한 잔 마시고 게으른 태양 탓하며
책상에 앉았다

해결될 일 없는 좁쌀 같은 고민이
불쑥
글쓰기를 방해한다
귀찮아
할퀴다

젠장

피가 났다

손으로 닦아 내다

휴지를 찾는다

휴지가 보이지 않는다

제엔장

나를 방해하는 좁쌀 같은 고민은 어디 가고 내 머릿속에 폭풍이 휘몰아친다

다 게으른 태양 탓이다

다시 할퀸다

아닌데

어?

이럴 일이 아닌데

피를 본 불만은 아침의 평온을

자꾸자꾸 도려낸다

손톱은 칼이 되어

애꿎은 구름을 찌른다

피가 쏟아진다
우르르 쾅쾅 쾅

"과다 출혈로 사망하셨습니다"

나는 그저 물 한 잔 마시고
책상에 앉아 하루를 시작하려 했을 뿐인데
죽어 버렸다
어이없게도
구름을 조각내고
피 흘리는 내 머리를 쓰레기통에 처박았다

해는 아직 고개를 내밀지 않았고
아무 일도 일어나지 않았다

18.
내 마음대로 유토피아

눈을 떴다. 햇살이 커튼 사이로 스며든다. 빛은 공간을 가르고 떠다니는 먼지조차 인사하는 평안한 아침이다. 머리맡에 두었던 자리끼를 꿀꺽꿀꺽 단숨에 마신다. 미지근한 물이 미끄덩하고 식도를 타고 내려간다. 불편함 없이 내려가는 물은 밤새 내 오장육부의 안부를 존재감 있게 확인한다. 기지개를 쭉 펴고 스트레칭을 한다. 내 옆에 조용히 엎드려 있던 동글이도 질세라 앞다리를 쭉 펴고 스트레칭을 한다. 시계를 보니 7시가 조금 넘었다. 7시 반이면 울릴 알람을 미리 꺼 버렸다. 스스로 일어나 어제의 흔적이 묻어 있는 나를 구석구석 깨끗하게 씻었다. 아침은 먹지 않는다. 적당한 배고픔이 긴장감을 준다. 아직 출근 시간은 많이 남았지만, 집을 나선다.

오늘은 첫 출근이다. 출근하는 시간 대부분은 싫지만, 첫 출근은 느낌이 다르다. 게으름이 죄가 될 수밖에 없는 긴 쉼들이 불안감과 간절함을 만든다. 간절함은 거짓을 만들어 낸다.

"제가 이 회사에 지원한 계기는 돈을 벌어야 하고, 회사에 다니는 행위로 인해 그래도 무언가를 하고 있다며 안도할 수 있기 때문입니다."

진실의 자기소개는 일제강점기 순사 앞에서 입을 다물고 있는 독립군처럼 절대 내뱉을 수 없다. 물론 진실을 말하지 않는다고 고문당하지 않는다. 쓰는 이도 읽는 이도 모두가 거짓을 어필하여 회사에 들어왔다. 진실은 애초에 없다.

"뽑아 주신다면, 열심히 일하여 회사에 보탬이 되고 싶습니다."

지금의 진심은 간절함과 닮아 내 본심도 속인다. 열심히 일하자. 으라차차!

출근은 했지만, 당장에 할 일은 없다. 덕분에 멍하니 앉아 사색한다. 나쁘지 않다. 일단 출근을 했으니 가만히 앉아 있어도 월급은 나온다. 나는 조금 게을러도 되는 사람이 되었다. 달라진 것이라곤 딱히 없지만, 사람들의 걱정스러운 질문을 받지 않아도 된다. 그것은 커다란 위안이 된다.

타자의 시선 앞에 춤추던 때에는 언제나 쉼이 고달팠다. 쓰임을 받아야 했다. 소진과 함께하던 무대에서도, 잘림을 당한 회사에서도. 나는 소모품이 되길 자처해 나를 소개하기 바빴다. 나의 존재를 설명하기 위해선 무엇이든 해야 했다. 그래서 쉼은 언제나 게으름 같았다.

나의 오늘은 사람들에게 멀어진다. 나는 광대가 아니다. 재미없는 내 하루는 내 글처럼 나에게만 재밌다. 어찌하겠느냐? 내가 행복하면 그만이지.

나는 분명히 그만두고 싶어질 회사에 또 들어와 사람들과 불편한 관계를 이뤘고, 나의 하루 중 대부분을 내 의도와 상관없이 불편하게 보낼 테지만, 지금 난 좋다.

바람에 흔들려도 떨어지지 않는 꽃잎이 있다.
떨어져도 빛나는 별이 있다.
별이 떨어져도 하늘은 존재하고 나도 그와 같은 존재다.

백 년 안엔 반드시 죽을 테지만, 반복되는 오늘을 소중하고 지루하게 살아간다. 먼지 같은 나의 삶이 유지되는 건 오롯이 오늘의 기억이다.
나는 기껏 하루도 못 참고 잠들어 버리고 마는 하루를 사는 사람이다.
나에게 주어진 시간은 하루뿐이다.
나는 그저 하루를 잘 살기만 하면 되는 것이다.
나는 그저 하루를 잘 사랑하기만 하면 되는 것이다.

그 하루가 나의 유토피아다.

나는 설렘으로 꽃을 꺾지 않는다

네가
웃는다
멋쩍어 나도 웃었다

내가
이 길에 핀 꽃이 아름답다 해도
그 꽃을 꺾지 말아라

내가
하늘의 새처럼 날고 싶다 해도
아래로 밀지 말아라

나는
설렘으로 꽃을 꺾지 않고
침묵을 따분히 여기지 않는다

애써
날 선 비수를 감추지 말고
낯선 미소를 보이지 말아라

지금
흐르는 눈물은 구름이 되어
하늘을 날아
꽃에 내려

다시
삶이
될 것이다

나가는 말

하고 싶은 말이 있어 글을 씁니다.
말은 때때로 나의 생각과 다르게 흘러갑니다.
고치고 고친 글은 나의 생각을 바르게 합니다.
그래서 글로 나의 말을 전하고자 합니다.

나의 삶은 태어남이 목적이 아니라 죽음이 목적입니다. 왜 태어났느냐는 질문보다 어떻게 죽어야 하는 것인지 질문합니다.
타자의 시선에서 춤추던 피로는 던지고
나의 길에서 머뭇거리며 쉼을 당당히 여깁니다.
먼 미래의 꿈보다 오늘의 할 일에 집중합니다. 죽을 때까지 반복되는 오늘은 내일보다 가치 있습니다.

예술은 아름다운 것이며 아름다운 것은 사랑입니다.
아름다운 것을 지키는 것은 인생을 아름답게 만드는 길입니다.

나의 생각이 바른지는 모르겠으나, 나는 지금 평온합니다.
나의 내일이 어떨지는 모르겠으나, 나는 지금 행복합니다.

나의 글을 끝까지 읽어 주심에 무한히 감사드리며, 그대의 오늘이 아름답길 원합니다.

나가는 시

컴퍼스

점 하나 콕 찍고
휙 하고 달리니
원점이다

둥글다 좋다고
웃다가 보니
다시 이 길이다

내 걷던 길은
내 걸을 길이 되어
내 감옥이 된다

언젠가
가슴 미어지게 그리울
오늘을 위해

난 용기 내
있는 힘껏
오늘을 삐져나온다

지구를 떠나는 우주선의
비행운이
설렌다

컴퍼스로 그린 동그라미를
망치니
내가 된다